아이는
종이에
글을
쓰고

아이는
종이에
글을
쓰고

중국 간쑤성의 시인
牛庆国의 诗

—

원제 [字紙]

—

안태운 옮김

도서
출판 북인

致韩国读者

亲爱的韩国读者：

很高兴通过诗歌与大家相遇。我生活在中国西北，那里被称为黄土高塬，是人类的一片高地，是需要诗歌仰视的地方。在那里，我是一个被文字养活的人。那些平静的、温和的、朴素的，但带着体温和心跳的词，那些善良的、有教养的，但带着泥土的气息和人间烟火的词，仿佛我的亲人。有些词是忧伤的，它们来自一个人感受大地的方向。《字纸》是我写给土地、故乡、亲人和生命的字纸。有时抚摸着自己的诗稿，分明感到这是一层又一层心灵的老茧，看似平淡，却是经历了很多很多次的磨砺。

我经常说，热爱诗歌的人们是幸运的。祝福诗歌，祝福诗人！

谢谢韩国的诗人们！

2019年7月23日
牛庆国

한국의 독자에게

사랑하는 한국의 독자 여러분

시를 통해 여러분과 만나게 되어 무척 기쁩니다. 저는 중국의 서북지방에 살고 있습니다. 이곳은 황토고원이라고 부르는 곳으로 인류의 고원이자 시가 우러러보아야 하는 곳입니다.

이곳에서 저는 글쓰기로 삶을 영위합니다. 제가 사는 이곳은 고요하고 따뜻하며 소박하지만 사람의 온기와 가슴을 울렁이게 하는 단어를 지니고 있으며 또 선량하고 예의바르지만 대지의 숨결과 사람살이의 정을 느끼게 하는 문장을 지니고 있습니다. 마치 저의 가족처럼요.

어떤 단어들은 슬프지만 그것은 제가 대지에서 느껴온 것들입니다. 『아이는 종이에 글을 쓰고(원제 字纸)』는 제가 대지와 고향과 가족과 친척들에게 쓰는 생명의 글입니다. 가끔 제가 쓴 시들을 어루만져보면 한 겹 한 겹 영혼의 굳은살이 느껴집니다. 평범한 듯 보이지만 오랫동안 많은 일들을 경험한 느낌들이죠.

저는 늘 강조합니다. 시를 사랑하는 사람은 행복하다고.

시에게 축복을!

시인에게 축복을!

한국의 시인들에게도 감사드립니다.

2019년 7월 23일

뉴칭궈

|차|례|

2부 저물녘에 집으로 돌아가며

3부 바람에 날려

1부

겨울날의 옥수숫대

목마른 나귀

갈증으로 목이 타는
나귀야, 가자꾸나
우리 집엔 물이 없어

두꺼비 죽어라 울어대는
마을 밖 작은 개울
어쨌거나 물이잖니

저 두터운 황토를 건너
한 모금만 마시자
쓰다 해도 뱉어내지는 말게

고통은 우리의 숙명
해마다 되풀이되는 가뭄도
견뎌내야 한다는

하늘을 향해 울부짖는다 해도
너를 탓하지는 않아
오래 전부터 나도 외치고 싶었으니까

하늘에는 물이 없고
아무리 외친다 해도
그저 눈물뿐

흙탕물이라도
뱃속 가득 마시고
힘을 내야지
우린 또 밭에 가야 하니까

* 『시간』 1999년 8기. 『99년도 중국 가장 아름다운 시가』, 『시간 50주년 시선』, 『신세기 5주년 시선』, 『양안 사지중생대 시선』, 『대학어문』 등에 수록.

살구꽃

우리 마을의 꽃
살구꽃

봄날 벼랑에
높다라니 선 아이처럼
외쳐 부르면
한 송이 살구꽃
곱디고운 자태로
가가호호
골마다 마을마다
단숨에 번져가네

가장 수줍은 살구 꽃은
내 누이
그리고 그대
산 고개를 넘나드는 나팔 소리
울긋불긋 번져오고
크고 작은 꽃송이
지고 또 지네

꽃 지고 남은 것
살구라 하지
시큼 달콤한 나날은
황토에 흐르는 민가

살구꽃이여
잘 지내시나요
마을 어귀 살구나무
아래에 서서
살구 씨 움켜쥐고
머뭇머뭇 깨물면
입 안 가득
쓴 맛

아이는 종이에 글을 쓰고

바람결에
발 옆으로 날려온 종잇조각
모친은
허리를 굽혀
집어든다

글자를 썼는지
보고는 싶지만

까치발로 서서
아이가 걸상을 딛고 올라서야
닿을 수 있는 벽 틈 높은 곳에
종이를 꽂아둔다

종이에 쓴 글이
혹 아이가 잘못 쓴 숙제인지
알 수는 없지만

그곳에는
그네가 머리를 빗을 때

빗겨 떨어진 머리뭉치도
꽂혀 있다

글자는 모르지만
아이가 글을 쓴 종이를
마음대로 밟을 수는 없다고
노인의 머리카락을
발로 밟을 수 없는 것처럼

이 순간
나라 안의 모든 글자는
책 속에 숨어
숨을 죽이고

字纸 (아이는 종이에 글을 쓰고, 원문)

母亲弯下腰
把风吹到脚边的一页纸片
捡了起来

她想看看这纸上
有没有写字

然后踮起脚
把纸片别到墙缝里
别到一个孩子踩着板凳
才够得着的高处

不知那纸上写着什么
或许是孩子写错的一页作业

那时墙缝里还别着
母亲梳头时
梳下的一团乱发

一个不识字的母亲

对她的孩子说 字纸
是不能随便踩在脚下的
就像老人的头发
不能踩在脚下一样

那一刻 全中国的字
都躲在书里
默不作声

겨울날의 옥수숫대

빛이 스러지면
세상은 온통 창백해지는데
이 순간
지친 고원에
비스듬히 스미는
희미한 빛

옥수숫대에 매달린
반쪽 잎사귀
왕년의 속눈썹 마냥
세월에 부대껴
빛이 바래고

한바탕
큰 눈이라도 내린다면
세상은 완벽한
흰 빛

고요를 깨뜨리는
생명의 움직임은

문득 끼어들고

마른 장작 같은 손가락 내밀어
석양을 지문 삼아
옥수수밭 한 귀퉁이를 누르면
그 순간
나와 대지는
생사의 언약을 맺고

일 년이 지나면

내가 알던 사람들
이제는 볼 수가 없고
떠나던 모습
어제 일처럼 선명한데

아직 만나지 못한 사람들은
이 마을에서 태어나
장차 마을의 주인이 될 터

올해 강수량은 늘지 않았는데
일조량은 여전히 너무 많고
대지는 작년보다 더 두터운 듯

제비콩을 심었던 언덕에
올해는 메밀을 심었고
이쪽은 박한데
저쪽은 풍성하네

살구꽃은 3월에야 피고
백빙초는 9월이 되면 시드는데

당숙의 위장병은 작년과 다름없고

해 질 무렵
바람은 여전히 지붕 위에서 윙윙거리는데
나는 외지에서 일 년을 떠돌았고
돌아올 때는
작년 봄보다 홀쭉해졌고

추일서정

동산에 장가 들고
서산에 장사 지내고
산골에서 시장으로
모여드는 이웃사촌

이 가을
곡물의 유즙이
산언덕에 넘쳐나고
하늘 향해 울려 퍼진
날라리 소리에
머리 위 몇 마리 새
오늘의 상처
유리칼처럼 그어내고

이 저녁에
태양은 서산에 걸리고
달은 동산에 솟는데
마당가 굴레에 앉은 한 사람
어깨 위 흑의를 툭툭 털고

헤이단 마누라

이웃집 헤이단 마누라
올해 돈 벌러 도시에 갔다가
돌아올 땐 물 한 방울 안 묻힌 듯
말끔했지만 헤이단은
마누라를 발가벗기고는
찬물을 한 통 들어부었다
한번만 씻으면 아주 깨끗해진다고
깨끗해야 내 마누라지
찬물에 놀란 마누라는 병이 났고
설날에도 현의 병원에 입원해 있었는데
동생들이 한번 찾아가봐야 하지 않느냐고 했지만
마을사람들의 생각은 제각각
나라고 무슨 손금 보듯 설명할 말이 없어
마침 조카 녀석이 뜰에서 폭죽을 터뜨리며 놀고 있던 터라
겨우 한다는 말이
애 노는 것 좀 봐

새매를 기르는 사람

돌멩이를 들어올리듯
엄지를 치켜들고
산에 들에
집 나간 아이를 부르듯
새매를 부르면
참새들은 풀숲에 엎드리고
조급해 허둥대는 그의 꼴에
아무런 기척도 없고
그해 그의 목소리는 핏빛이었는데
마을사람들은 늘
그의 목소리에
새매가 뒤척이고 파닥거리는
소리를 들었다
기관지염증은 갈수록 깊어져
이제 주변 사람들은
불러도 대답 없는 먼 곳으로
새매처럼 날아갔다
그의 허리춤 새끼줄은
두어 조각 옷자락에 묶였는데
마치 한 마리 늙은 새매가

날개를 거두고
다시는 날지 않겠다는 것처럼

나귀는 늙고

오랫동안
아버지 밭갈이를 돕던 나귀
늙었다
그의 노화는
앞다리를 바닥에 구부리고
아버지가 뒤에서 힘껏 밀어야 겨우 일어서서
수레를 언덕 위로 끌어올리던
그날부터
그날 아버지는
마치 오랜 친구의 팔을 어루만지듯
나귀의 야윈 다리를 쓰다듬었다
늙었어, 우린 모두 늙었다고
어쩌면 나귀는 자신이 더 이상 쓸모가 없다는 것을
알고 있으리라
물을 마시기도 힘들고
풀을 먹기도 어렵고
한평생 걸치던 낡은 가죽 옷은
닳고 닳아 손바닥 크기의 상흔이 드러났는데
내가 몇 번이나 팔아버리라 했건만
아버지는 매번 다시 끌고 돌아왔고

어릴 적 노인들의 닦달에 헤어졌던 젊은 부부처럼
아침에 나갔다 저녁이면 쭈뼛거리며 돌아왔다
그날 내가 방에서 나오자
나귀는 메마른 머리를 나지막한 울타리 벽에 기대고
나를 향해 처량하고 슬픈 목소리로
몇 번이나 울부짖었는데
나귀가 무슨 말을 하려는지
당신은 아신다고

상고우*의 나무

거뭇거뭇한 몇 개의 인영이
두 손을 등지고
상고우에서 걷고 있다
때로는 앞서 걷다가
다시 보면 뒤쪽으로 처진다
마치 객가(客家)의 남자들처럼
산 저쪽으로
어느 집 며느리를 데리러가거나
어느 집 노인을 묻으러가는 듯하지만
아무리 걷고 또 걸어도
상고우를 벗어날 수는 없고
아무래도 산 저쪽의 일은 이미 끝이 난 듯
바람이 언덕에서 휩쓸려 내려오자
마치 사람처럼 걷고 있는
나무들
목을 비틀어
마을을 향해 기웃거리는데
그곳에 거뭇거뭇한 인영이
두 손을 등지고
상고우를 향해

나무처럼

걷고 있다

수확이 끝나고

수확이 끝나면
남는 것은 땅
땅을 뒤집어엎으면
무엇이 남을까

수확이 끝나면
남는 것은 가을바람
바람이 대지를 휩쓸고 지나가면
또 무엇이 남을까

수확은 끝이 나도
몇 포기 푸른 싹은 남아
가을바람 속에서 피어나고

수확은 끝이 나도
몇 알의 씨앗은 남아
흙 속에 떨어지는데

수확이 모두 끝난 후
약간의 아쉬움이라도 없다면

가을은 정말
아무것도
남는 게 없지

할머니의 웃음

전족을 했던 민며느리로
나중에는 발을 푼
할머니

한평생 비틀거리며
손바닥만 한 박토를 벗어나지 못했는데
방화두건도 벗지 않으셨던
할머니

할아버지 뒷발질에 크게 한번 당했지만
한달음에 다른 남자를 멀리 차버린
할머니

할아버지 떠나던 그해
한 사람을 알게 됐고
큰 나무 아래에서 생각이 많으셨던
할머니

비는 발 아래 내리고
눈은 머리에 쌓어

마음에는 늘 큰 바람이 불던
할머니

뒤뚱뒤뚱 아픈 왼걸음으로
나의 시에 걸어들어왔지만
일자무식의
할머니

내 아내가 신고 있는 하이힐을 보며
웃으며 벗어보라 하시고는
듬성듬성 성긴 이빨에
환한 얼굴로 눈물 꽃을 피우며
신어보시던
할머니

이제 황토 깊은 곳으로 들어가셨지만
여전히 할아버지와는 틀어지셔서
한 말씀도 않으실
할머니

어떤 걱정

하늘은 늘
과거처럼 아득하지만
대지는 기억을 간직하고
한 사람은 한 마을과 같아
텅 빈 마음 갈피를 잡을 수 없는데

몇 년 전 어느 가을의 오후
햇빛도 없는 대지가 반짝거렸지
나는 친척들을 배웅하러 나왔고
싱싱한 옥수숫대와
습기찬 공기가 흐르는 대문 앞에서

큰 고모와 둘째 고모
예쁜 사촌 누이는
길에서 풀수염을 찾는 양떼처럼
고개를 숙여 걷고 있는데
우리가 함께 떠나보낸 할머니처럼
그들도 다시는 못 보게 될까
조금은 걱정 되네

물의 무게

한 방울의 물이
산 같은 사내라도
비틀거리게 한다는 것을
당신은 아시나요

한 통의 물이
한 마을보다 더 중하다면
당신은 믿으시나요

한 웅덩이의 물은
번쩍이는 은 한 웅덩이만큼의 가치라는 것을
당신은 아시나요

내가 움켜진 물 긷는 새끼줄이
나의 허약한 생명줄이라는 것을
당신은 아시나요

어떤 교통사고

회사 자동차를 타고
설을 쇠러 집으로 가는 날
산허리를 돌아가다
한 대의 트랙터를 만났고
좁은 길을 비키려던 트랙터
길옆의 바닥으로 떨어졌네
바닥에서 기어올라온
트랙터를 몰던 젊은 녀석
얼굴에는 온통 흙투성이
길이 좁아서라며 죄지은 꼴이라
나는 녀석의 시커먼 손을 잡고 담배를 건네며
내가 무슨 마을 촌장도 아니니 아무 걱정 말라고
우리는 하나 둘 셋 소리치며 트랙터를 밀어올렸는데
들들거리며 트랙터는 도시로 달려갔고
나는 자동차를 타고 마을로 돌아왔는데
새해 삼일 내내
나는 녀석이
마음에 걸렸다

나귀는 걷고

누군가 망치를 들고
못을 치는 듯
똑 똑
문 두드리는 소리
깊은 밤 동토의 벽 저쪽
우리에서 나귀 한 마리
저벅저벅
걷고 있네

지난해
란저우에서 아버지에게 전화를 걸어
두 분의 안부를 묻고는
나귀는 어찌 지내냐고
잘 지내
잘 지낸다는 나귀
밤에는 왜 잠을 못 이루는지
온 마을이 모두 잠이 들었지만
한 시인과 한 마리 나귀만 깨어
나귀가 대지에 인사하는 소리
나는 또
듣고 있다

아버지와 땅

집에 대략 300평의 자류지가 있을 때
아버지는 엉덩이에 덧댄 헝겊만도 못하다고 투덜거리시며
땅에 온 힘을 쏟으셨고
나중에 책임전 5,000평을 분담받았는데
그럼에도 적다고 불만이셨지
우리 집의 밭두렁은 갈수록 좁아져
마침내 고랑만큼의 땅이 늘어났고
그해 이웃집 절름발이 왕 씨가 도시로 가서 소매점을 열었는데
아버지는 왕 씨의 땅 2,000평에 농사를 지으며
5년은 농사를 지어야 하는데
작물이 크게 자라지 못한다고 안타까워하셨지
그러다 2,3년 전부터는 또 한숨을 내쉬며
늙었으니 이제는 억지를 부릴 수도 없다 하시고는
절름발이 왕 씨의 땅을 다른 사람에게 돌려주셨고
우리 집 비탈밭에는 식량 대신 죄다 나무를 심었고
문 앞의 계단밭만 조금 남겨두었는데
새해가 되자 그것마저 지을 수 없다며
넷째 동생에게 농사 지으라고 보냈는데
고통이 가득한 얼굴은 마치 땅에 대해
죄 지은 사람 같았다

돌아보니 20년 전
아버지는 마을에서 며느리를 얻어야 한다고
책임전을 좀 더 분배받을 수 있기 때문
나중에 여동생이 출가하자 크고 좋은 땅을 한몫 나눠주시고는
속이 쓰린 아버지는 밭두렁에 올라가 한숨을 푹푹 내쉬었고
요즘은 대문에 쭈그리고 앉아 햇볕을 쬐고 있다
바람은 그가 밭을 갈고 양식을 심은 땅에서 불어오고
머지않아 땅이 바로 자신의 목을 묻게 될 거라는 것
한 농민이 마지막으로 자신에게 필요한 땅이
얼마쯤인지
나는 안다

시골 형님의 세상살이

어깨에 감자를 한 포대 둘러멘
시골 형님이
도시로 나를 찾아왔다
고소장을 내려고 하는데
아는 사람 좀 소개해달라는 것
말할 때마다 촌티가 폴폴 나던 농사꾼은
손을 덜덜 떨며 담배 한 개비조차
제대로 움켜쥐지 못했다
말인즉슨
작년에 그가 신장으로 돈 벌러갔는데
마을의 간부가 마누라를 어떻게 했다는 것
어떻게 한 건 뭐 그렇다치고
작년의 분담금이 한푼도 안 줄었다고
세상에 이런 법은 없는 거라고 하소연이었다
시골 형님에게는
궁벽한 시골이 마치 이 세상 전부이기라도 한 듯
그렇다고 내가 무슨 말을 하겠는가
문득 오르내리는 시골 산길이 생각나서
흙부스러기 떨어지는
그의 어깨를 두드려주고는

가련한 형님을 식당으로 데려가
밥 한 끼 사주는 것이 내가 할 수 있는 전부
떠날 때 시골 형님은 눈물이 그렁그렁한 눈으로
도시에 와보니 시골 사람들보다 딱히 나을 것도 없다고

오늘밤 가을바람

처음에는
사락사락
말을 끌고 앞서가는 노인 수중의
쇠 달린 채찍 소리 같은
서늘한 가을바람 불어와
주머니 속 동전 짤랑거렸고

강가 빨랫돌에서
휘적휘적 휘저으며
빨래하는 어머니의 찬손 같은
싸늘한 가을바람 연달아 불어닥쳐
내 외투는 바람에 들썩거렸고

언덕 위의 늙은 살구나무
또다시 불어오는 세찬 가을바람에
스러질 듯 뒤뚱뒤뚱
갈라진 내 두 발처럼
밑둥치를 드러냈고

바람은 불다 멈추고

멈추다 또 불며
잊힌 옛 일을
또 다시 되살리는데

오늘밤 가을바람
세 번이나 불어닥쳐
부대끼며 함께 온기를 나누던
별들마저 어느덧
모두 사라지고

아버지의 손바닥

나귀의 걸음이 느려지면
아버지의 손바닥은
얼굴보다 엉덩짝을 두드렸고

밭두렁이 헐렁해지면
철썩철썩 두드려주었는데
굳이 단단하지 않아도 될 곳은
부드럽게

바람을 일으키고
태양을 가리고
가슴으로 파고든 사랑조차
어루만져주시던 손바닥

언젠가 한 사람을 업었다가
아버지는 자신의 한 쪽 귀를 두드렸는데
나는 아직도 그 이유를 모르겠고

그럼에도
아버지의 손바닥이

하늘의 구름은 어쩌지 못한다는 것
고통스러운 얼굴로
그저 자신의 허벅지만
두드릴 뿐

오랜 시간
아버지는 나를 토닥여주셨지만
어떤 일들은 아직도 알려드리지 못하는데
어쩌면 아버지의 손바닥이
내 안경을
바닥에 내동댕이칠지도

일곱째 할매

우리 집 닭에 손을 댔다가
우리 할머니가 뱉은 침에
아직도 얼굴에 반점이 남아 있고

다른 집 남자들과 잘 지냈지만
그래서 늘 뒤에서 욕을 먹고
마을에서 그네를 만나면
나는 허리를 납작 구부리는데

아들딸을 한 무더기나 낳고
한평생 헛소리 않고 사셨지만
늙고 나니 남은 거라곤
겨울 지붕 위 백빙초 같은
바람에 흩날리는
몇 가닥 흰 머리뿐

바람 속에 늘 나팔 소리가 들리고
마을 입구에서 꽃수레 하나가
뒤뚱뒤뚱 걸어가는 것을
보신다는 그네

이제는 길쭉한 빈 마대처럼
아무 끄집어낼 것도 없는
일곱째 할매
나는 몇 년 동안이나
만나지 못했다

봄눈을 기록하다

1
간밤에
봄눈이 내릴 줄 미리 알았더라면
어젯밤 나는
길가에 앉아 첫 눈송이를
거친 내 얼굴로 맞이했을 터지만
나는 도시의 메마른 공기 속에서 잠이 들고
눈은 내 꿈속에서처럼 그렇게
펑펑 쏟아졌다
행운이 생각지도 않게
슬그머니 다가오는 것처럼
다음날 잠이 깨어서야 비로소
온 세상이
하얗게 빛나고 있음을 알았다
눈으로 따뜻해진 봄날
한 편의 시는
눈의 은총에 대한 보답

2
2009년 2월 26일

부친은 전화 저쪽에서 ―
바람은 없고 그냥 눈만 내려
동네가 온통 눈에 덮여버렸어
하시더니 ―
봄눈은 수분이 많으니까
올해는 땅이 촉촉해서
봄바람만 살랑 불어도
온 천지에 푸른 싹이
쑥쑥 솟아날 거라고

전화 저쪽에
아직도 사락사락
눈 내리는 소리가
들려오는 듯한데
오늘자 신문에는
롱중 일대의 가뭄이
해소되었다고

고향이라는 것은

외길은 외줄이요
여러 갈래의 길은 여러 갈래의 줄
가닥가닥의 줄은 고향을 얽어매고
마치 누군가 어느 길에서 잃어버린 물건처럼
오랜 세월이 지난 후에도
찾으러오지 않는데

때때로 한 마을이 큰 바람 속에서
결박이 끊어지는 소리를 듣기도 하지만
달빛이 비추고 햇볕이 내리쬐면
고향의 끈은 댕길수록 아프게 죄어오고

때로는 고향의 산이 아주 낮고
또 때로는 아주 높다고 느껴지지만
외길을 따라 종점에 닿기만 한다면
고향을 잃어버린 사람들을
모두 찾을 수 있고

갈대는 대지를 두드리고

초록의 갈대는
새하얀 갈대가 되고
푸르렀다 스러지는 갈대
한 사람의 사랑과 다름없다고
어느 시인은 말했다지만
백발의 사내
갈대와 함께 서 있고
그의 마음속 수분은
조금씩 증발하여
시나브로 가벼워지는데
하얗게 변색하는
이 가을 때문은 아닐지
갈대가 대지를 두드리는 소리
마치 누군가 엉덩이에 묻은 흙을
툭툭 털고
떠나는 소리

눈물을 닦는 몇 개의 동작

아이들은
손등으로만 눈물을 닦는데
이른 아침 이슬방울이
막 터지려는 꽃망울을 두드리는 듯하고

중년이
눈물을 닦을 때는
두 손으로 눈을 가리는데
손가락 사이로 흐르는 눈물은
마치 실수로 호주머니에서
동전이 떨어져 나오는 듯하고

노년은
옷깃이나 옷소매로
눈물을 훔치는데
그것은 눈물을 닦는 것이 아니라
마치 조그만 헝겊으로
감염된 상처를 닦는 듯하고

한 사람이

늙어간다는 것은
결코 기나긴 시간의 여정이 아니라
한 사람의 사람살이 중에 부딪치는
이런저런 일들의 연속으로
시나브로 늙어간다는 것

한 사내의 하늘

하늘 아래
홀로 걷는 사내의 정수리에는
늘 큰 바람이 불어오는데
바람 속 길을 재촉하는 신들은
그의 오랜 친구

요즘 들어
어떤 말들은 하늘만 듣고
어떤 일들은 하늘만 안다

어느 날
하늘을 향해
목울음을 삼키며
내 고통을 아느냐고 말했을 때
하늘은 깜짝 놀란 듯
바람으로
그의 머리를 쓰다듬었고

그렇게 밝게

산언덕에서 밝게 빛나는
거울 조각은
누가 가져왔거나
풀뿌리를 자르다
부러진 쟁기 날의
가장 빛나는 한 점이거나
햇빛 아래 통증처럼
그렇게 밝게

아이의 상상 속에는
빛낼 수 있는 모든 사물들은
이미 빛나고 있는데—

산언덕에서 내려오는
그 순간
왼쪽 윗주머니에 꽂혀 있는
펜 뚜껑의 한 점 강철처럼
그렇게 밝게

그해 가을의 한 그루 나무

그해 가을
한 사내가 바람 속에 서서
고개를 숙여 기침을 하는데
뱉고 또 뱉어도
목구멍에서 사레 걸린 먼지처럼
기침은 멈추지 않았다

그해 가을
몸속의 큰 종을
딩
딩
딩
텅 빈 절간이 되도록
두드리고 있었다

그해 가을
한 대의 열차가
나무의 뿌리에서 우듬지까지
달리고 달렸지만
아무 소리도 들리지 않았고

초연히 서리가 내리듯
마을의 입구에 내려앉았다

그해 가을
한 조각 낙엽이
나뭇가지에서
반쯤 떨어져 내리다
머뭇대고 또 잠시 머뭇대다
내 마흔다섯의 문턱에
툭
떨어져 내렸다
어렸을 적 가벼이 허락했던
한 가지 언약이
지금은 후회스러운 것처럼
그렇게

내려놓기

봄날 기구를 끌고
질주하는 아이는
빠르게 봄을 벗어나려 하는데
아이와 기구의 분열은
한 그루 작은 나무가
그의 첫 번째 열매를 버리는 것과 같아서
나는 그가 장래에 더 많은 것을
내려놓으리란 것을 안다
지금의 나처럼
설령 꿈이라 할지라도
어떤 때는 손 안에 꽉 쥐었던 열쇠를
가볍게
내려놓을 때도 있다
어떤 문들은
더 많이 열고 싶을 때도 있지만
결국에는 그 생각조차 내려놓아야 한다는 것도

불러내고

하늘은 번개를 불러내고
대지는 강을 불러내고

봄날은 꽃망울을 불러내고
겨울은 눈보라를 불러내고

바람은 높은 벽을 불러내고
비는 우산을 불러내고

소는 초원을 불러내고
채찍은 소를 불러내지만

마음이 사랑을 불러내고
내가 삶을 부른다

푸싱초등학교로 돌아가

헐거운 이빨 같은 틈
사이로 안쪽을 바라보면
깨진 창은 신문으로 발라져 있다
만약 그것이 성에서 발행한 신문이라면
위쪽에 분명 내 이름이 있을 것인데
내 이름으로 아이들의 찬바람을 막을 수 있다면
나는 학교의 역사에 기록될 자격이 있다
그러나 푸싱초등학교는 나를 잊은 지 오래다
푸싱마을이 많은 사람들에게 잊힌 것처럼
나 또한 이력서에 어쩌다가 몇 번
그 이름을 썼을 뿐이다
제일 먼저 쓴 것은 단지 푸싱초등학교뿐
나중에는 성관공사* 푸싱대대를 더했고
그 다음에는 딩시지역 회닝현을 덧붙였고
지금은 간쑤성을 덧붙이는데
만약에 그 앞에다 중국까지 덧붙인다면
푸싱초등은 눈곱보다 작아질 것이다
더구나 푸싱초등 뒤에 내 이름을 덧붙인다면
푸싱초등을 읽을 때쯤이면 숨을 한번 쉬어야 하리라
생각해보니 운동장 한 쪽에 백양나무를 심었던 듯한데

지금은 백양나무 서까래만 덩그러니 남아
마치 큰 연필처럼 1학년 교실 문 앞에 깃대꽂이로 서서
황토 속에서 아이들이 잊어버린 단어 하나를 누르고 있다
2005년 가을의 어느 일요일,
나는 내가 만들었던 벽보가 아직 있는지
담장을 넘어서라도
들어가보고 싶었고

*간쑤성 란저우시의 시할구.

내가 공부했던 교실과 당숙

내가 공부했던 교실을 생각하네
당숙이 어느 살구나무 아래에 서서
이빨 빠진 낡은 쟁기 날을 두드리면
딩 하며 쉰 강철 소리가 났고
온 마을사람들은
아이들이 공부하고 있다는 것을 알았지

당숙은 흙으로 만든 교단에 올라가서
큰소리로 따라 읽으라 하고는
고량 대두 옥수수
완전한 토박이 사투리로
알알이 모두가 고생이라고 하며
고통의 고이며 고수의 고
쓰고 달고의 고라고 했네
내 눈에는 당숙이 바로
가장 고통스런 살구나무였네

우리가 숙제를 할 때면
뜰에 쭈그리고 앉아 글자를 그렸는데
당숙의 눈에는

가을 메밀밭에 먹이를 쪼는
참새 새끼들과 다름없고

우리가 조막손을 뻗어
지긋지긋한 날들을 더듬어갈 때는
마치 유년의 실수를 더듬는 듯하였고
우리가 그렸던 큰 작물들은
아직도 싹을 틔우지 못했는데

내가 소학교를 졸업하던 그해
당숙은 병이 들었고
야윈 얼굴은
겨울날의 마른 무처럼 핼쑥해져
나와 사촌동생이
당숙을 데리고 현으로 갈 때는
들것에 누운 그의 손은 아래로 늘어져
울퉁불퉁 산길에다
마치 무슨 글자를 쓰고 있는 듯하였는데
닿을 듯 말 듯 그 좁은 간격을
그는 끝내 좁히지 못했고

얼마 후 내가 사촌을 만났을 때는
돌아가신 당숙을 안고서
한바탕 큰비라도 쏟아진 것처럼 슬퍼하며
눈물로 흥건해진 황토 위에
당숙이 가르쳤던 글자를 그리고 있었지

사촌은 대학에 들어가
중의를 배운다고 했는데
마음에 눈물을 흘려본 사람은
누구든 그런 병을 얻을 것이라 했지만
그럼에도 당숙이 어쩌자고 눈물을 삼켜야만 했는지
그때는 너무 어려서
누구도 알 수가 없었는데
그저 그해 초에
부부싸움이 잦았다는 것만 기억할 뿐
어떤 때는 폭풍우가 몰아치듯 요란했었는데
이제 시골의 아이들은
뱃속을 가득 채울 만큼의 공부를 해서
누군 박사라 하고 또 누군 석사라 하지만
시골 노인들의 눈에는

몇 평생을 살아도
내 당숙만큼 공부한 사람은 없다고

상고우*에서 부는 바람

1
바람이 상고우에서 불어올 때
마치 그해의 산사태처럼
구제식량 타러가던 여인을 쓰러뜨렸고
이제 그네는 골짜기 옆 흙속에 누웠는데
그네가 옆으로 몸을 누이며
바람에게 길을 내주는 소리 들려온다
바람이 더 강하게 불어닥쳐
상고우에 잠든 명대의 진사나
내 조상을 휩쓸고 내려오면
어쩌면 그들은 자신의 백골을 들고서
집집마다 유리창을 깨트리고 있을지도
아이의 울음소리는
세찬 바람에 틈을 만들고

2
그날
일곱째 할매는
때마침 딸아이를 찾으러가는 길에서
바람이 마치 소꼬리를 휘두르듯

오솔길에 몰아쳤고
그렇게 휩쓸렸던 그네는
소가 산언덕에 드러누운 것을 보았는데
뱃가죽을 아무리 큰 바람이 걷어찬다고 해도
소가 다시는 일어날 수 없다는 것도

그럼에도 그네의 아들은
흙투성이 감자 꼴로
차디찬 겨울의 냉골에서
낡은 이불을 에워싼 채
바람을 저주했는데

넓고 넓은 황토 바닥에
떨어져서는 안 될 마을의
모든 것들이 떨어져 내렸지

3
그럼에도 다섯째 할매는
때마침 큰 대문 입구의 초막에 누워
가쁜 숨을 몰아쉬는데

아흔이면
이 바람에 떠나야 할 때이지만
내 당숙께선
그녀의 맥박을 어루만지며
아직은 때가 아니라고
그녀의 집에서 나온 당숙은
맞바람을 맞으며 감개무량하여
다섯째 할매가 얼마나 더 죄를 지어야 하냐고 하셨는데
당숙은 그녀의 살아온 과거를 알고 있다

바람은 다섯째 할매의 메밀 초막을 뒤엎어버렸고
하늘에는 구름이 우르릉거리며 내달렸다

4
바람이 둘째 숙모 댁에 이르렀을 때
그녀는 장원 뒤의 벼랑이
몇 번이나 무너지는 소리를 들었고
조상대대로 전해오는 몇 항아리의 은자가
그곳에 있을 거라 믿지만
이제 그의 머리가 새하얀 은자라

그것들을 쓸 곳이라곤
외톨이 아들 녀석의 장가보낼 일뿐

5
바람이 부는데
이렇게 큰 바람이 불어오는데
진의 노래를 부르고 있는 자는 누구인지
가슴팍을 조각조각 찢어서
마치 바람 부는 우듬지에
걸쳐놓기라도 하려는 듯이

소리의 주인을
마을사람들은
헤이단이라는 것을 안다
3년 전 달아난 마누라가 아직도
소식조차 없다는 것을

6
바람이 상고우에서 불어올 때
살구나무골은 인류의 유적지 마냥

마을 입구의 낡은 사당 문짝은
바람에 덜컹거리고
고향의 귀신들은
겨울날 산언덕의 풀수염 같은
거뭇거뭇한 저승반점이 뒤덮인 얼굴에
눈물로 바람을 맞이하고

*상고우(上沟) : 웃골.

살구나무골의 하루

1
이날
친척들은 들판의 여기저기로 흩어져
작물밭에 두 무릎을 꿇는데
종종 그들이 보이지는 않지만
그러나 그들은
무성한 작물 속에서
가끔 머리를 치켜든다
마치 작물들이 항아리를 들고
머리를 젖히며 물을 마시는 것처럼

2
이날
나는 살구나무골의 완두를 한 무더기 뽑았는데
많고 많은 작물들 중에서 완두는 제일 소소한 일거리
지도상의 작고 작은 일개 성 같은
내가 뽑은 완두는
수많은 완두 중에 섞여들었고
마치 내 친척들과 친구들이
망망한 세상사에 흩어져 섞이듯이

어떤 이들은 비록 내가 찾아내긴 어렵지만
나는 여전히 기억하고 있다는 것

3
이날
내가 완두를 한 묶음 짊어지고
낑낑대며 힘에 겨워할 때
부친은 뒤에서 가볍게 나를 들어올리셨다
부친은 내가 들어올리기만 하면
집까지 지고 갈 수 있다는 것
내가 돌아보지 않아서
부친이 다른 한 묶음의
완두를 어떻게 짊어졌는지는 모르겠지만
내가 마당에서 한참이나 기다린 후에야
마침내 돌아오셨고
한 묶음의 완두 아래에서
허리가 많이 굽어 있었다

4
이날

나귀는 내가 뽑아낸 땅에서
적어도 한 포기는 집어삼킬 수 있었는데
그의 과장된 재채기 소리로 보아
아주 만족하고 있다는 것

부친도 한 포기를 뽑아
손바닥으로 척척 비비고는
나귀의 입가에 올렸다
부친을 곁눈질한 나귀는
재빨리 입안으로 말아넣었고
어물쩍 꾸물거리다
부친의 마음이 바뀔지 모르는 일

부친은 쭈그려 앉고
나귀는 서 있는데
밭두렁의 한 그루 백양나무
나귀 쪽으로
부친 쪽으로
바람에 휘날리고

5

이날 저녁 무렵
길에서 곱사등이에 뻐드렁니인 당숙모를 만났는데
내게 란저우에 돈 벌러간 아가씨를
만났는지 묻고는
더불어 란저우로 돌아가거든 꼭 한번 찾아보라고
신신당부를 했지만
아무래도 란저우를 또 다른 살구나무골쯤으로 생각하시는 듯
어느 집에 친척이 오면
온 동네사람이 다 아는 것처럼
그래 내가 감히 고개를 끄떡이기도
그렇다고 고개를 가로젖히지도 못한 채
그렇게 집으로 왔더니
목이 뻐근하였다

6

이날은
온 마을의 메밀이 노랗게 되기까지는 3일이 모자라고
놈팡이 장 씨 고명딸이 시집 가고
망나니 이 씨가 장가 들기까지 한 달이나 남았고

왕부자의 노인이 세상을 떠나고
절름발이 송 씨가 바깥에 일하러 갔다가
사고가 나기까지는 반달이나 남았고
사촌동생이 대학에 들어가기까지는 아직 일 년이나 남았는데
내가 작물을 수습하고 도시로 돌아오는 날은
일주일 뒤의 일

이날
살구나무골의 역사에서 하루가 모자라고
살구나무골의 내일에서
하룻밤이 모자라는데

이날
살구나무골에서
나는 한 편의 시를 썼고
몇 번이나 고쳐쓰기를 되풀이하다
마침내 한 권의 시를 쓰게 될 것이다
그러나 이날
내 일생이 되풀이된다 해도
한 줄의 글도 쓰지 못하리라

2부

저물녘에 집으로 돌아가며

살구나무골

왼쪽은 산, 오른쪽도 산
마치 대지의 두 다리가
바람 바지를 걸친 듯

산 사이에 끼어 있는
살구나무골
한 그루 살구나무의 움직임으로
골짜기의 변화를 모두 알 수 있고

누군가 묵묵히 골짜기에서 나왔다가
또 말없이 돌아가는데
몇 사람이 나무로 만든 집을 들고
나팔을 든 이 몇몇 따르면
이것은 완벽한 하나의 풍경

개와 닭의 울음소리 울리고
밥 짓는 연기 피어오르는
일상의 나날은
내 조국과 불가분의 한 부분

내가 살구나무골에서 나왔을 때
조국 같은 아버지가 뒤따르셨고
내게 부채질해주시던 큰손으로
내 뒤통수를 쓰다듬으셨는데
마치 오래 전 그곳에 남은 통증을
가볍게 어루만지기라도 하려는 듯

화롯가에서

대단했던 그해 겨울
아버지와 나는 화롯가에 둘러앉아
두 손을 내밀어
가물거리는 불씨를 감싸안고

마른 장작 같은
아버지의 두 손
사위어가는 온기를
움켜쥐었다
서서히 풀어놓으시고

불꽃이 피어나듯
처마 아래 눈보라 몰아치는 순간에도
우리는 한마디 말도 없이
그렇게
차를 마시고
담배를 피우고,
내 삶에 바라는 바가 있다면
꼭 이만큼의 여유

문득 지난 일이 떠오르면
생각은 꼬리에 꼬리를 물다
같은 생각에 다다르고

날씨가 추울수록
불꽃은 활활 타오르고
화롯불이 수그러들 즈음
두런두런 중얼대던
아버지의 얼굴에도
거뭇거뭇 쌓이는 피로
나는
바라보네

어깨 위의 먼지

새해가 되면
우리는 또 이렇게 가까워집니다
어머니
당신은 아들보다 많이 작아졌지만
거칠어진 오른손으로
내 어깨 위의 먼지를 툭툭 털어주십니다
어렸을 때
내가 맞은편 언덕에서 놀고 있으면
당신은 밥 먹으러 오라고 부르시곤
어깨 위에서 등으로 팔뚝으로
삼나무 대처럼 여윈 종아리까지
툭툭 털어주셨듯이
그렇게
란저우에서 돌아와 당신을 뵈면
당신은 나를 그 옛날로 돌려보내기도 하려는 듯이
모든 뼈마디를 두드려주십니다
어머니
어떤 먼지는 더는 털어낼 수가 없답니다
그 한 알갱이의 먼지가 바로 당신의 아들이니까요
이 세상에서 흩날리며

때로는 괄시받고 놀림거리가 되고
또 때로는 눈에 띄기도 하며
누군가의 눈에
눈물이 고이게도 합니다
어머니
오로지 당신만이
마흔 넘은 아들의
마음속 고통과
양심의 가책을
툭툭
털어낼 수 있답니다
어머니

장원을 만들며

나무가 자라면 가지치기를 한다고
부친은 말씀하셨지
옛 장원 앞에 새 장원을 만들고
또 만들며
그렇게 넷째 동생이 분가할 때까지
장원을 만들고는
옛 장원은 나더러 맡으라며
다시는 만들지 않으셨고

스무 살에 처음으로
자신을 위한 장원을 만들며
흙으로 담을 치고
움막에 띠를 두르고
부뚜막에는 구들을 들여놓고
내 어머니를 모셔왔는데

이제 부친은
옛 장원에서 걸어나와
마치 늙은 장군이 자신의 영채를 순시하듯
그렇게 집집마다 걸어다니지만

넷째 동생네에서 나오면
곧바로 옛 장원으로 돌아오는데
일흔 넘은 그에겐 거기까지가
딱 알맞은 거리

요즘 들어
부친은 내가 밖에서 고생한다고 걱정이셨는데
당신이 떠나고 나면 옛 장원은 누가 돌보냐고
살아 있는 동안 내가 사는 란저우에 와서
도대체 내가 어떤 장원을 갖추고 사는지
보고 싶다 하셨지만
여태껏 한쪽 발은 옛 장원의 뜰에
다른 한쪽 발은 반공중에 걸어두셨고

가끔 내가 지도를 펼쳐
고향의 위치를 가늠할 때면
위쪽은 네이멍이라 하고
아래쪽은 간쑤라 하는데
살구나무골이라 부르는 작은 마을은
기껏해야 큰 나무의 작은 흑점 같은 것

그럼에도
지도에서 고개를 들면
부친은 마을에서 가장 오랜 한 그루 큰 나무
바람이 늙은 가지의 우듬지에서 불어오면
머나먼 이곳에서도
그의 기침 소리는 들려오고

시골집 아랫목에 누워

할아버지 할머니가 주무셨던 아랫목에
아버지와 어머니가 주무시고
아버지 어머니가 주무셨던 아랫목에
나와 마을의 한 처녀가 잠을 자네
한밤중 아랫목에 쭈그리고 앉았노라니
마치 오랜 조상들이 내 주의에 모여앉아
내가 아들 낳는 것을 보려는 듯
내가 잠들었던 곳에 잠이 들면
찰나의 순간에
어쩌면
하얀 국수사발 같은
백발의 할아버지가 되어버릴지도
그래
꿈에라도
나는 두 눈을 부릅뜨고
내가 잠자고 있을 때
아랫목 구들장을
밀어젖히고 나가는 자가 누군지
나는
정말 보고 싶어

음력 구월 초엿새

엷은 구름이
하늘 높이 흐르던 날 오후
할머니 묘지엔
잡초가 무성했는데
콩 잎 몇 포기
봄날처럼 푸르고
할머니 떠나던 그날
한 톨의 씨앗도 지니지 않으셨는데
저 콩잎은 어디서 온 걸까
어쩌면 어떤 씨앗들은
이제껏 그네의 마음에 묻혔었지만
우리들이 발견하지 못했을 뿐
이렇게 오랜 세월
종내는 땅 위로 솟아나고
그럼에도
또 어떤 것들은
아직 자라나지 않았을 수도
한 사람의 몸속에
얼마나 많은 씨앗들이 숨겨져 있는지
내가 알 수는 없지만

시어(诗语)로 가득 찬 내 머리를
할머니에게 깊숙이 부딪쳐갈 때
한 송이 들꽃처럼
다정하지만 조금은 서늘하게
내 이마에 입맞춤하고

밤길 걷는 외조부

부지런하고 사랑스런
한 마리 꿀벌이
꿀처럼 진한 묵즙 속에서
억만 겁의 어둠을 뚫고 나가듯
뒤뚱뒤뚱 헤쳐나아가는
내 외할아버지
그대 내면의 고난을
난 그저 상상으로만 알 수 있을 뿐

그해 당신께서 나귀를 몰고
시댁으로 돌아가는 내 모친을
우리 집으로 바래다주고는
이내 밤을 도와 돌아갈 때
도중에 귀신불을 만났다고 했는데
마치 골짜기에서 기어올라온 흑의인들처럼
손에 깜빡거리는 손전등을 쥐었던 것은 아닌지
그 귀신불
듣자하니 닭이 세 번 울어야
겨우 집으로 돌아갈 수가 있다고
외할머니는 당신의 솜옷 안에서 땀을 한 바가지나 닦아내셨고

내 모친이 그에게 억지로 쥐어준 동전 세 개
그날 밤 어디에 내다버리신 건 아닌지
어쩌면 다급한 마음에 흙덩이 마냥
손에 잡히는 대로 집어들고는
번쩍이는 귀신불에 던져버렸는지도

외할아버지께선 숨이 멎는 순간에도
내 엄마의 어릴 적 이름을 부르며
정말 그렇게 먼 곳으로 시집보내는 게 아니었다고
도중의 어떤 길은 너무 어두웠노라고

흑야

어두컴컴한 외길을 걸어
더욱 깊은 수렁으로 들어가는 검은 빛
붓의 뿌리에서 농묵을 듬뿍 묻힌 붓 끝으로 이어지는 검은 빛
깊고 깊은 광정에서 지고 올라온 석탄 한 광주리의 검은 빛
나지막하고 시커멓게 웅크리고 앉아 깜짝 놀라게 만드는
먼 곳의 검은 빛
까마귀 날개에 눌린 어둑어둑하고 갑갑한 검은 빛
일생 동안 어쩔 수 없이 몇 번은 마주하거나
혹은 몇 번은 당해야 할 막막한 검은 빛

둘째 형이 탄광에 일하러 가던 그날 밤
나는 형을 데리고 몇 십 리 어두컴컴한 산길을 걸었다
형이 아침 여섯 시 출근차로 뒤뚱거리며 멀어진 다음
어둠은 그의 몸 뒤에서부터 밝아졌다
아버지의 머리가 희끗희끗해지다
완전한 백발로 변하듯이 그렇게
나중에 둘째 형이 커다란 검은 돌에 허리를 눌렀을 때
우리 일가족의 눈물도 모두 눌려나왔다
그때 둘째 형은 눈앞이 그냥 어둡다고만 했는데
그저 어두울 뿐이지만

그 어떤 어두움보다 더 깜깜한 검은 빛

내가 겉옷을 둘러쓰고 홀로 앉았을 때
눈앞도 온통 검은 빛
누가 알았으랴
난데없는 돌덩어리 하나가
내 밤의 빛깔을
이렇게 어둡게 짓밟을 줄은

허물어진 토담집의 뒤안길에서

살구나무골 토담집이 반으로 허물어졌다
그 전에는 마을의 소학교요
생산대 회의를 열던 곳
그러다 꿔즈푸의 양 마구간으로 썼는데
허물어지고 남은 절반은 에두른 흙벽돌이 드러났고
마치 거대한 뼈대와
산 구릉 위의 크고 작은 무덤이 함께 쌓인 것같이
살구나무골의 역사가 되었고

그곳은 마을에서 햇볕이 가장 따뜻한 곳
처음에는 수염 하얀 노인들이 토담집을 등지고 쭈그려 앉아
담배를 피웠고
이어 어떤 중년 남자가 그의 맞은편에 앉았고
다음에는 살구나무골의 수많은 남정네들이 토담집 뒤에서
시간을 보냈다
거뭇거뭇 늙은 독수리 마냥
각자의 날개 아래에서 주둥이를 비볐다

일 년 중 마지막 날
꿔즈푸는

98

퀼런의 떫은맛이 배인 그렁그렁한 목소리로
정월에는 개똥이가 장가를 간다고 중얼거렸고
양만창은
재작년에 신부 구하러 나간 꿔성이
듣자하니 네이멍에서 양을 친다고 했는데 아직 안 돌아왔다고
그런 다음 한참이나 말이 없었고
토담집 뒤에는 비벼끈 담배꽁초 몇 남았는데
햇볕은 그들의 발 아래에서 조금씩 옮겨가다
발등을 지나 머리꼭지를 낚아채고 산언덕에서 사라질 때
장소이가 먼저 일어나 엉덩이를 툭툭 치며
장쟈와의 옛 조상님들도
이 고비는 넘기기 어려울 거라며 중얼거리다
소매에 손을 집어넣고 떠났다

나는 이 사내들 중 내내 한마디도 하지 못한 녀석으로
왕얼궤이가 건초더미 앞에서
굽어진 허리로 일어났다 구부렸다 반복하며
가축 먹이로 작물의 줄기를 퉁퉁 자르는 것을 바라보는데
이때쯤이면 집집마다 지붕에 푸른 연기 피어올라
사내들은 각자의 집으로 돌아가 저녁밥을 기다리고

지전을 사르고

새해가 되면
돌아가신 조상들에게 지전을 사르는데
상고우 흙 둔덕 아래 소지하는 사람들 뒤에
나는 무릎을 꿇고
거뭇거뭇 종이 재가 겨울날의 나뭇잎처럼
먼지 내려앉은 어깨와 빨갛게 언 목덜미에
우리가 볼 수 없는 천당으로 느릿느릿 날아가 쌓이고
마치 그해 구제식량을 받으러 줄을 선 조상들처럼
그들에게 구제금융 드리는 이 순간에도 줄을 서고
머리를 조아리고 읍을 하고서야
나는 면전의 흙 둔덕이
한바탕 또 허물어진 것을 알았다

돌아오는 길에
뒤에서 들려오는 발자국 소리에 몇 번이나 놀라
어느 조상님께서 우리 집에 따라오시는가 싶어
제일 앞서 걷는 아버지의 헛기침에
뒤따라 걷는 사람들도 덩달아 헛기침하고
둘째 숙부는 점점 대오에서 떨어지다
다른 흙 둔덕으로 가서 몇 장의 지전을 더 사르는데

몇 년 전 떠나버린
우리들 중 제법 잘 생겼던 사촌동생
예전에는 함께 조상들에게 소지를 했고
새해가 되면
좋아서 날뛰는 어린 나귀처럼
동토의 겨울들판을 달리며 노래했는데
한바탕 사랑 때문에
사랑하다 얻은 병으로
그렇게 떠나버렸고
그래 둘째 숙부는 해마다 소지 때면
한 묶음 더 사르고
집집마다 폭죽 소리가 터질 때쯤이면
집으로 돌아와
문 앞의 붉은 대련과 홍등에
빨간 눈으로 웃음 짓네

실을 꼬며

마치 나무로 만든 액자에 앉은 듯
문지방에 앉은 할머니
겨울날
양모와 면화에
매달린 할머니의 실 막대
끊어질 듯
끊어지지 않는 실타래
어리고 야윈 소녀 같은
회전하는 허리품은 점점 느려지고
추위에서 우리를 가장 잘 보호할 수 있는
양말이나 장갑을
뜨고 계셨던 할머니
그러나 실의 이쪽을 움켜쥐고
다른 한 쪽으로 감아가면
우리는 이미 할머니의 한생을
술회하고 있는 셈

작년, 마을에 세대의 트랙터가 뒤집어졌다

메뚜기 마냥 통통거리던 삼륜 트랙터
작년에는 세 대나 넘어지는 사고가 났다
첫 번째는 큰형이 집을 수리하려고 준비 중이던 벽돌을
죄다 개울에 처박았고
그 중 하나는 석양을 네모지게 줄질한 것처럼 빨갰는데
그것은 큰형의 손에서 흐른 피
두 번째는 읍으로 식량을 싣고 가던 둘째 숙부를
넓고 너른 국도변에 고꾸라뜨렸다
숙부는 차 밑에서 기어나와 시시덕거리며 말하기를
설날에 사당에 가서 향을 살랐다고,
세 번째는 마을과 관계가 있는 외지인으로
그는 산사태로 깊게 패인 웅덩이에 트랙터와 함께 밀려들어갔는데
튀어오른 데인 흙에
그네 마누라의 예쁜 눈을 데여
눈자위가 아직도 핏줄처럼 빨갛고

일 년을 미루고도

그날 둘째 숙모는
도시에 돈 벌러간 친정 동생이
작업장에서 무너져내린 담벼락에 깔렸다고
아직 어린 아이가 있다고
동생을 둘러매고 돌아올 때
많은 마을사람들
사람마다 5원씩 따뜻한 정을 나눴는데
5원이라면
평소 마을에 일이 있을 때면
보통은 2원
그네의 초등학교 6학년 아이는
세상 물정을 아는 어른들 마냥
머리 조아리고 예를 행할 줄도 알아
마을사람들이 하나같이 눈물을 훔쳤고
조카며느리가 도시에 고소를 하러갈 때에는
일흔 넘은 노인을 짐수레에 태워 데려갔는데
고소한 지 석 달
아무런 결과 없고
다시 고소한 지 또 석 달
여전히 아무런 소식 없고

나중에는 도시의 먼 친척을 찾아가
일하며 번 돈 삼백 원을 모두 쥐어주고는
도와줄 사람 좀 찾아봐달라고
사실 그네의 요구는 겨우 이만 원
이만 원만 있다면
6학년 아이가 계속 공부할 수 있는 돈
그럼에도 또 반 년이나 지났지만 여전히 깜깜 무소식
송사가 안 될 줄 알았다면
차라리 쓴 돈이라도 돌려받았으면 하지만
또 죄를 지을까 무서워 감히 입도 열지 못하고
둘째 숙모님은 얼굴을 가리고 울면서 가셨다
나도 그네가 자신의 눈물을 어쩌지 못한다는 것을
몇 마디 말로 위로를 해야겠노라 생각하면서도
이 시를 쓰는 지금까지
적당한 말 한마디 떠오르지 않고

메밀밭에서

등롱은
소녀 얼굴의 홍조를 비춰줄까요
분홍은
영롱한 사랑의 빛깔로
몇 십 리 산길
어둠을 밝히는데
가녀린 꿀벌 한 마리
꽃꿀에 젖는
이 가을
그녀는 한 알의 메밀이
되고 싶다

나귀우리 속 해바라기

그해 나귀가 섰던 자리에서
나귀우리 문 쪽으로 얼굴을 돌리면
오고가는 발걸음 소리에 웃음짓던
한 송이 해바라기는
늙어가는 나귀의 그림자

나귀 구유에서 풀씨를 찾던
참새 소리 여전한데
나귀 귓가에서 찍찍대던 녀석들
이제는 해바라기 목덜미에 올라앉아
마치 아이가 문간에 앉아 있듯
손으로 아래턱을 괴고 있다
한 송이 해바라기를 안고
나귀우리에서 산언덕 위까지
소리치며 내달린다면
밭두렁을 따라 질주하다
어쩌면 바람 속에서 한바탕 뒷발질하지 않을지

그럼에도 해바라기는 느릿느릿 고개 흔들며
아주 자상한 노인네처럼
지난 일은 가볍게 아니라고 말하고

나귀에게 다시 쓴 편지

나는 나귀에게 또 편지를 써야 하네
집 대문에 들어서기 전
나는 먼저 나귀를 보고 말았는데
겨울의 나른한 햇볕 아래
게슴츠레한 눈빛으로
벗어날 수 없는 졸음이
그의 생명을 짓누르고 있는 듯
못 본 지 일 년
그네는 귀를 가볍게 팔랑거리며
마치 황혼의 노인처럼
나를 향해 야위고 마른 손을
흔들고 있었지

그날
부친과 둘째 숙부 그리고 나는
십삼 년 전 우리 집으로 끌고왔을 때를 떠올렸지
그때 이미 늙은 나귀였는데
지난 달 어느 밤에
앞다리를 삐끗하며
뒤뚱뒤뚱 구루 앞에 고꾸라졌고

예전에 그랬던 것처럼
일어서느라 버티던 목에 구루와 몸뚱이 모두 엎어졌고
그게 지난 일 년 간
살구나무골의 제일 큰 곤두박질
부친 말씀으로 가을이 지난 후 누군가 400원을 준다고 했지만
미련 없이 팔지 못했다고
둘째 숙부는
봄까지 있어보자고
너무 야위어 살이 찌면 다시 팔자고 하시지만
그래 나는
그 녀석을 덜덜거리는 트랙터에 싣고
도시로 끌고 가는 모습을 상상했지
마치 그해 내 당숙께서
도시로 치료하러 끌려가던 그때처럼
끌려가면 다시는 돌아오지 못할
한 마리 나귀의 생애
내가 할 수 있는 말이 무엇이랴

늙고 작은 나무의 겨울나기

검은 외투를 입고서
바람을 등지고 허리를 굽혀
산언덕에서 곡괭이질을 하는 사람들
큰삼촌과 둘째 삼촌
장조카와 둘째 조카
일흔 넘은 당숙모와
마흔의 동생네
눈보라 속에서 온정을 캐고 있네
마치 눈 내리기 전
땅 속의 감자를 파내듯

돌아서면
눈보라는 방향을 바꾸지만
젊은 날은
이미 늙음에 자리를 내주고
늙음은 여전히 진행 중
이 추위와 이 눈
다시 추위가 끝난 후의 봄
그들이 살아 있음으로
비로소 의미를 깊는 것

어느 시인이 말했던 것처럼
살아 있다는 것이야말로
바로 이 땅의 영광

물 긷는 사람

멜대를 메고
한 통의 물을 길어
비틀비틀
마을로 걷고 있네

몸 뒤쪽의 물통 시울
참새 몇 마리 자리다툼하고
기웃하며 떨어지는 물방울들

물통이 비틀거린 곳은
숨막힐 듯 메마른 땅
멜대에 참새 앉을 때
어깨를 바꾸는 사내
눌리고 눌려
구부러진
사내의 허리

밭두렁의 늙은 살구나무

밭두렁에 홀로 선 늙은 살구나무
걷고 걷다 어느 날 고꾸라진 그네처럼
다시는 일어나지 못할까 걱정되는데

늙은 살구나무의 가장 굵은 가지
되풀이 되는 도끼질에 연신 울부짖다
외마디 울음으로 마지막을 고하는데
이제껏 자신이 무엇을 잘못했는지 알지도 못한 채
그해 그 울음소리만
살구나무골 상공에 하얀 면사처럼 흩날리고
이제 오랜 시간 만나지 못한 늙은 얼굴 같은
밥사발만한 상흔만 남았다
늙고 무감해지고 멍청해진
그해 그 나뭇가지에 매달렸던 노인 같은

자신의 상처는 돌보지 않은 채
이렇게 돌아서 가버리고
샛노란 살구만 남아
깊은 밤 인적이 끊어질 때
가을의 밭두렁에 떨어져
꿈속에 그리던 것들을 일깨우고

산 구릉의 지킴이

달빛 아래 산 구릉을 넘는 자 누구인지
큰바람 속에 산등성이를 지나가는 자 누구인지

밤새 북풍 몰아치는 곳은 어느 집 처마인지
아침햇살 가장 먼저 비쳐드는 곳은 어느 집 마구간인지

들판의 여우가 발자국을 남기는 곳은 어느 집 대문인지
개는 눈 위에서 누구의 흔적을 쫓고 있는지

햇볕이 어느 집의 밀을 말리고 있는지
비는 어느 집의 물통을 가득 채워놓는지

저녁에 나귀 구유에서 잠자고 있는 사람은 누구인지
조상 묘에 쥐구멍이 난 곳은 어느 집인지

무를 한 다발이나 뽑힌 곳은 어느 집 밭인지
오늘밤 어느 집 아랫목에서 배를 안고 뒹구는지

무슨 걱정거리로 길을 가다 나무에 부딪치는 자는 누구인지
좋다고 밀밭에서 논두렁 아래로 뛰어내리는 자는 누구인지

골짝 입구의 사당으로 뒤뚱뒤뚱 걷는 자는 누구인지
조상 백골을 파서 다른 곳에 매장하는 자는 누구인지

이마에 난 흉터 같은 산 구릉의 늙은 작은 나무는
모든 것을 알고 있다

보온

나 홀로
손을 움켜쥐는 건
자신을 위한 온기

두 사람이
손을 맞잡는 것은
타인에게 전하는 온기

세 사람이
에워싸는 화롯불은
방안에 전하는 온기

한 사람이
눈밭에서 달리는 것은
발바닥이 길에 전하는 온기

얼어붙은 손으로
가슴을 끌어안는 것은
고통이 고통에게 주는
온기

어떤 눈은

겨울
밭두렁 아래
숨은 눈
온순한 양 마냥
바람이 불어오면
사락사락 부대끼고

메마른
풀더미에 살포시
내려앉은 눈
스미지 않은
애정처럼
아직은 젖지 않은

마을에서
보이지 않는
먼 곳에 내려앉은 눈
바늘로 찌르는
따끔한 통증 같은
두서넛 불빛만으로도
녹아내리고

연기처럼

하늘 가득
불타오르는 향초
오늘밤 별빛
마을을 위한 기도

겨울날의 나뭇가지에도
빛나는 별빛
연기처럼
이른 아침 문을 나설 때
내뿜는 입김 같은

벼랑 끝 백빙초에도
연기처럼
여기저기 피어
푸르고 푸른 하늘
하얗게 물들이고

12월의 마지막 밤
낭자는 돌아오고
대지가 새 생을

잉태하는 이 순간

나는

향을 사르는 사람들의 뒤에서

신에게 바칠 세 마디 말

생각했고

조용한 밤

바람조차 잠이 든
깨뜨릴까 두려운
이 고요
잠꼬대 같은 누군가의 목소리는
어쩌면 신이
인간의 문제를 토론하고
결정하고 있는지도
적어도 마을의 큰일은
소리가 커지면
잠자는 개를 일깨우는 것처럼
개 짓는 소리는
처음에는 통통 문을 두드리는 소리 같고
좀 더 깨어나면
부서진 양철 세숫대야를 댕댕 치는 듯한
맑고 청량한 소리
오래 전 산속에서 울려퍼진
총소리 후의 정적 같은
고요

사방의 산들은

화선지에 뿌린 묵즙처럼
서서히 스며들고
골짜기에 버려진
낡은 새끼줄 같은
외길
제 아무리 큰 산도
곧게 펼 수는 없는데

그날 밤
고향의 타작마당 언저리에서
그는 홀로
신처럼
사색하고 일어서기를
배웠고

고향에서 쓰는 일기

오랜 일들 중
서두르지 않고 천천히
테이블에 내려앉은 먼지를 닦고
가재도구 뒤쪽의 먼지들도 쓸어내고

화로 연통을 두드리고
연통에 쌓인 재들과
겹겹의 부스러기들
하나하나 파헤치고

유리를 닦고
빗자국을 닦고
눈꽃을 닦고
모래폭풍에 실려온
흙먼지도 닦아내고

그런 다음
아버지의 이발을 해드리는데
몇 가닥 남은
가련한 흑발과

갈수록 많아지는 백발을
모두 밀어버리고도 싶지만
그럼에도 나는
흑발과 백발을 싹둑 잘라
희고 검었던 날들을
길게 늘여주고 싶다

이외에 또 내가 할 수 있는 일이 무엇일까
몇 백 킬로 밖의 란저우에서 고향으로 돌아온
잘못을 저질렀던 한 아이가
부모의 꿈을 이루겠노라는 노력과
양심의 가책으로
이렇게 부지런한 사람으로 변한다는 것

가을이 되면

지면을 가르며
참새 떼는 날아오르고
추위에 떠는 송사리들
차가운 개울 속에서
이리저리 헤엄치는데

청량한 새벽녘에
한들한들 은색 갈대는
흐르는 물 따라 멀리 떠나고 싶은 듯한데
때마침 하늘가 황토에
오롯이 드러나는
시원의 누런 빛

한 사람이
또 다른 누군가를 떠올릴 때면
하늘은 문득 아득하게 높아지며
아무리 큰 고통일지라도
모두 다 받아들이고

저녁 무렵의 귀가

저녁 무렵
귀가하던 사내는
문간에 앉아
문 앞의 나무를 올려다본다
나무도 이미 늙어
마치 기억상실증이라도 걸린 듯
메마른 잎사귀 하나
꿈속에 걸어두었는데
어쩌면 그의 탄식에 놀라
바르르 떨어져 내릴지도
한평생 기다렸던
한 통의 문자처럼
그러나 그는 감히 움켜쥘 수가 없고
아픈 통증에
신발에 가득찬 흙
느릿느릿 발 아래 쏟아내며
오늘밤
예전의 사랑을
다시 한번
되새기고

걷고 또 걸어서

개자리밭 언저리
한 마리 소 걷고 있다
환호하는 보랏빛 개자리꽃
널찍한 뱃가죽을 가득 채우고

그의 눈빛은
개자리 꼭대기를 넘어
아득히 먼 곳을 응시하는데
막막한 이 세상에서
원대한 꿈을 꾸는 듯

먼 곳
뭇 산들 일어서고
힘겨운 소걸음보다
더 쓸쓸한
일 분 일 초의 석양

한 마을의 뒷모습처럼
개자리만 남긴 채
남실남실

오르내리며
소는 멀어지고
우리가 볼 수 없는
수많은 것들은 그렇게
초연히 걷고 있다

외침

오래 전부터
한 알의 씨앗이
땅 속에서 외쳤는데
그의 외침은
분주한 내 발걸음을
콕콕 찔렀고

오래 전부터
한 무리의 별이
머리 꼭대기에서 반짝거렸는데
별들은
오늘밤의 어둠을
낮게 내리누르고

오래 전부터
절름발이 이리 한 마리가
산꼭대기에서 울부짖었는데
오늘밤 달빛은
그네 뒷다리의 총상을
어루만지고

오래 전부터
한 시인이
강가에서 외치고 있지만
그의 목소리는
출렁거리는 물소리를
넘어가지 못하고

사촌형의 인생경험

문득
어렸을 때
개에게 물렸던
사촌형이 생각나네
사람이 사노라면
일생에 세 번은 꼭 개에게 물린다고
그는 말했지
나는 겁이 많은 사람이라
고향의 개들을
내내 경계했는데
그해 어떤 마을을 지날 때는
멀리 에둘러 돌고서야
십여 마리의 개들을 겨우 피할 수가 있었지
사람을 무는 개는 짖지 않고
잘 짖는 개는 사람을 물지 않는다고
그는 또 말했지
그래 매번 낯선 곳을 지날 때면
나는 몇 번이나 뒤돌아보며
짖지 않는 개가
허둥지둥 걷는 내 발자국을 쫓아오지는 않는지

살펴보곤 했는데
길가에 가만히 앉아
그때를 떠올리는 이즘에는
마치 겨울날의 추위와 허기에 지친
강아지 한 마리가
낑낑거리며 어느 집 문지방을
밀어젖히는 듯한
마음의 소리가 들려오고

빗속을 달리는 아이

작고 여린 계집아이는
보호가 무엇인지를 알고 있다
가녀린 허리를 웅크리고
가슴에는 책가방을 끌어안고
마치 책 속에서 떨어져나온 쉼표처럼
빗속의 산길을 내달리는데

쏟아지는 가을비가
오로지 소녀를 위해 내린다는 것은
그저 비의 부분적인 생각일 뿐
비의 진정한 목적은
이 가을을 듬뿍 적시는 것
그럼에도
비가 줄기차게 소녀의 머리 꼭대기와
등 뒤에 내리는 것은
한 바탕 가을비의 아주 작은 일탈

먼 곳 한 그루 큰 나무
마치 도중에 마주친 호인이거나
혹은 집에서 마중 나온 가족 마냥

우산을 받치고는 있지만
아이는 나무 아래에서조차 멈추지 않고

한 사람이
일생 얼마나 많은 비바람을 지나야 하는지
그네는 아직 모르겠지만
집으로 돌아가기만 하면
이 가을비를 벗어날 수 있다는 것을
그네는 믿고 있다

어머니를 모시고 병원에 가는 날

1

엄마가 병에 걸렸는데
우리 형제들에게
무슨 잘못이라도 저지른 듯한 모습이고
마을에서 모시고 나올 때는
마치 죄지은 아이를 데리고 가듯
다른 사람들 집에 가서 사과를 하고는
내게는 모두가 자신의 불찰로
그냥 감기가 든 것이라고 하시더니
메밀 한 가마보다 더 무거우니까
힘들면 힘들다고 말하라고
중언부언하셨지

2

엄마를 부축해서
병원으로 가던 길에
나는 엄마의 팔이
내 힘을 버텨내지 못할 만큼 약하다는 것을
내가 할 수 있는 거라곤
그저 엄마의 허리춤을 받쳐주는 것뿐

만약 그때 누군가 우리를 보았다면
부패분자의 아들 같은 뚱뚱한 녀석이
야위고 왜소한 시골 어머니를 부축하고 걷는데
마치 허리까지 오는 물속에서
다리가 서로 조금만 부딪쳐도
걸려서 비틀거릴 것 같은 모습이었으리

3
때가 절은 병상에서
의사가 엄마의 오른쪽 앞섶을 걷어올리고
청진기를 가슴에 놓을 때
나는 엄마의 젖가슴을 보았고
아무것도 끄집어낼 것 없는 두 개의 주머니 같은
예전에 내가 알던 그 모습은 아니었는데
엄마는 옷을 끌어내리지도 않으셨다
힘이 없었기 때문이겠지만
어떻게 할 수 없다는 것도

검버섯이 가득한 피부는
마치 더덕더덕 기운 내의처럼

자글자글 주름져
엄마의 몸뚱이에 입혀져 있었고

4
혈액검사를 할 때
시험관 속에 붉게 달아오른 철근처럼
내 피와 같은 붉은 엄마의 피
간호사는 조심스럽게 들어올리고
나는 그들이 무슨 시험을 하는지 모르나
낙타 풀에 맺힌 핏방울의 자국이거나
아니면 상처를 틀어막는 황토가
혈관에 스며든 흙부스러기거나
어쩌면 한 사람을 위해 불태웠던 더운 피가
남긴 잔해인지도

그날 나는
어렸을 때 내가 천연두에 걸려
엄마가 수혈을 하던 때가 생각났고

5
그날의 수혈은
겨울날 눈이 녹을 때처럼
처마에서 하루 종일
대야를 가득 채울 만큼 떨어졌는데
나귀가 마시기에도 충분했다고
사람에게 어떻게 이렇게 많이 들어갈 수가 있냐고
모친은 그러셨지

6
그날 아버지가
엄마 간병을 오셨는데
엄마에게 이렇게 살갑게 대해주는 것은
생소한 모습
아버지는 엄마에게
우리 집 설날에 쓸 돼지는
요새는 먹이기가 쉽지 않다거나
우리 집의 늙은 나귀는
이 겨울 넘길 수 없을 것 같다거나
마을의 류만푸가 며칠 전 죽었는데

우리 두 사람보다 세 살이나 적다거나
일 처리하느라 좀 바빴고
많은 사람들이 떠났다고 하시며
모자를 벗어 먼지를 툭툭 터셨는데
사레들린 엄마는 눈물을 쏟으셨고
아버지는 그때서야
우리 집 아랫목이 아니라
병상이라는 것을 아셨다

편력

차가 딩시(定西)를 지나자
밤은 이미 깊었고
달은 거대한 동전처럼
온 산언덕을 소유하는데
산등성의 외줄로 늘어선 늙은 나무만
편력하는 대오처럼
고달프고
끈질기게
검은 모습 그대로
나무가 허리를 굽히는 곳
바로 내가 가는 곳
그럼에도 나의 자동차는
내동댕이친 과거의 어느 시절처럼
등 뒤에 나무를 내버려둔 채
달 뜬 밤이나 달 없는 밤
바람 부는 낮이나 바람 없는 낮에도
아이들의 어문 과목 노랫말처럼
앞으로
앞으로
앞으로

강가에서

바위에 부딪쳐 흐르는
물줄기를 보라
부딪친 발가락의 통증처럼
콸콸 넘쳐 올라
에둘러가네
앞서거니
뒤서거니
흐르고 흐르다
부딪치는 바위
바람 속
등 뒤에서 움켜쥐는
종 주먹 같은

저녁 이후

산양 몇 마리
산언덕에서 내려오면
세월에 삭은 이빨 같은
하얀 햇살
실핏줄처럼 번져가고

밤이 이슥하면
양 우리의 문을 두드리는 양 뿔의 소리
이빨이 살구나무골의 늑골에 부딪치는 듯

옷을 입은 채
양 우리의 구들장에 누운 그네
여명이 밝을 무렵
자신의 새 이빨이 돋아난 것을 꿈에 보았는데
뜰에는 박설이 쌓여
검은 솜옷을 다시 한번 여미고

회화나무에 꽃이 피고

집 앞의 한 그루 회화나무
꽃을 피웠다
5월의 개화는 4월과 달라서
나무 아래를 지나는 사람들은
마치 물속을 걷는 듯

이즘이면 바람도 불어와
한 잎 한 잎의 꽃향기
아이들 비누거품 방울 마냥
꽃마을의 도랑마다 고랑마다
동동 떨어지고

바람은 나무줄기 속에서 불어와
남겨진 꽃향을 단숨에 날려버리고 싶지만
회화나무는 저 나름의 생각이 있고
다음해 봄날의 일은
필경은 때가 되어야 알 수 있는데
마치 어린 시절 어머니 주머니 속의 사탕을
주고 싶은 이에게 남겨주었던 것처럼

이 봄은 다시 또
바람에 떠밀려가는데
바람을 등지고 홀로 선
늙은 회화나무는
무슨 말이 하고 싶은 걸까

딸아이의 학부모회의에서

아빠
똑바로 앉아
수업 때는 아무 소리 말고

아직 어린 계집애가
나도 말 때문에 적잖이 고생했다는 것을
어찌 알겠는가마는

늘 말을 듣지 않았던
나는
그날 1학년 7반의 교실에서
하나라도 잘 배워보겠다는 자세로 앉았고

햇볕은 창으로 비쳐들고
젊고 예쁜 여선생이
건강하게 잘 자란다는 말을 할 때
나는 웅크린 등을 쭉 폈다는 것을

3부

바람에 날려

바로 내 아버지

나귀를 몰며
산언덕에서 밭을 갈고
채찍을 들고
땅을 두드리는 저 사내
바로 내 아버지

물통에 넘어졌다가
그 물통의 물을 떠서
내게 먼저 마시라고 하는 저 사내
바로 내 아버지

메밀밭 두렁에 앉아
온 산 온 언덕의 등롱이
아롱아롱 비추면
구성지게 진(秦)의 노래를 부르는 저 사내
바로 내 아버지

독수리 날아오르고
폭설이 쏟아져도
눈바람 속에 땔감을 가득지고

비틀비틀 집으로 걸어가는 저 사내

바로 내 아버지

가슴앓이

오래 전부터
아버지의 뼈는 아주 강하다고만 여겼다
늑골이 부러진 것을 몰랐다는 건
아버지가 겪었던 수많은 일들을 몰랐다는 것
병원에서 찍은 사진을 보면
아주 오래 전 골절이고
그때 엄청난 충격이 있었고
뼈가 강한 부친은 고통의 비명을 질렀을 거라고
의사가 그랬지만
당신은 언제인지 기억나지 않는다고
아버지가 놀란 건 약간의 창피함도 있는 듯
마치 내가 그의 비밀을 엿보기라도 한 것처럼
구부정한 늑골은 그렇게 구부정하게 끊어졌는데
대문 입구의 부러진 울타리처럼
눈보라가 울타리 깊은 곳으로 몰아쳐
주먹으로 가슴을 치듯
매번 심장을 조이고
다리와 허리와 머리와 위장의 통증은
칠십여 년 동안 서로 부대끼다
이제야 비로소 아픔을 느끼며

참을 수 없는 고통으로 생전 처음 병원에 온 것인데
이것은 그가 처음 고통에 머리 숙인 꼴
그럼에도 마음속 고통은 말하지 않고

그날의 햇빛은 느렸다

눈은 이미 내렸다
바람도 모두 불었다
2009년 12월 12일
살구나무골의 하늘은
가보를 싸고 있는 남빛 베처럼
맑았다

정오가 되자
마을에서 나팔 소리가
울려퍼졌다
멀리 퍼질수록
먼 산언덕 조상 곁으로
멀리 보낼 수 있다는
나팔 소리 빨라지면
그것은 흥겨운 농악
느려지면
사람들의 눈물을 쏟게 할 만큼의 느림
햇빛은 느릿느릿
나팔 소리에 길을 열고

나팔을 불게 한 것은 내 둘째 삼촌
돌이켜보니 삼촌은 그해
큰 수탉을 한 마리 안고 장에 갔었는데
연달아 세 번이나 간 끝에
마침내 1원 50전을 더 받으셨지
사촌은 안경을 벗어
두 손으로 눈물을 훔치고

가을 색의 변신

한 사람의 가을은
다른 사람의 가을과 다르고
한 사람의 지난해 가을은
올해의 가을과도 다르다
이를테면 계단밭에서 자른 옥수숫대를
한 짐 한 짐 짊어지고
집으로 돌아오던 그를
올해는 볼 수가 없는데
백발을 휘날리며 옥수숫대를 짊어지고 가는 이는
그의 아내
때로는 혼자서 옥수숫대를 짊어지고 가지만
한 무더기 옥수숫대가
마치 마르고 야윈 노인을 안고 돌아가는 듯하다
이 두 가지 느낌도 또 다른데
예를 들면 어제 언덕바지의 자주개자리는 파릇파릇했지만
오늘 아침 서리가 내린 후에는 변하고
오후의 한바탕 모래폭풍이 지난 후에는 또 달라지며
며칠 후 한바탕 큰 눈이 내리면
더더욱 변하는데
마치 내가 만났던 어느 화가가

농촌 풍경화에 처음에는 소금을 한 줌 뿌리고
그런 다음 흙을 한 줌 뿌리면
모든 것이 달라지는 것처럼
내가 마을에서 뽑아오던 풀포기도
이제는 예전처럼 푸르지는 않고

감자 캐는 어머니

1
땅바닥에 꿇어앉아
맨손으로 감자를 캐는 어머니
괭이를 쓰면 감자가 상할지도 모른다고
그네는 감자가 아무런 상처 없이 세상에 나오기를 바라셨는데
큰 것은 캐고 작은 것은 좀 더 기다려야 한다고
마치 이른 아침 제일 큰 아이부터 깨우는 것처럼
그네는 감자가 뿌리를 떠나는 소리를 듣는다고
마치 탯줄이 잘리는 것 같은

2
새로 캔 감자를 바라보며
이것저것 집었다가 내려놓고는 하셨는데
마치 그해 학교에 보낼 아이를 고르는 것처럼
난감해진 그네
나중에 세어보니 알맞게 여섯 개라
여섯이면 여유만만
우리 형제자매도 여섯
그 중 가장 시골스런 얼굴은
큰형이거나 넷째거나

우리는 모두 감자꼴

3
모친이 손으로 감자를 닦는 모습은
마치 그네가 젊었을 때 밭에서 돌아와
순서대로 아이들 얼굴을 닦는 눈물이거나 땀
여섯 개의 감자를 한 줄로 세워놓으면
감자밭은 시골 소학교의 운동장이라
열중쉬어 차렷 노래 준비
감자는 무슨 노래를 부를까 망설이는데
그 순간 해산하라는 소리가 들리면
감자들은 참새처럼 우르르 사방으로 흩어지고

4
집을 떠날 때가 되자
모친은 옷섶에 여섯 개의 감자를 담아
내 가방에 욱여넣었는데
마치 옛날 엄마가 아들을 서울로 시험 치러 보낼 때
여섯 개의 은덩이를 아들 가슴에 넣어주었던 것처럼
그러나 내 모친은 은자는 본 적도 없어

이것은 그네가 심은 감자라
도시에서 파는 것보다 더 맛있다고

5
하늘은 높고 옅은 구름이 흐르던 날
그네는 바람 속에 서서 굽은 허리로
큰 감자 하나를 눈으로 배웅하며
몇몇 작은 감자들을 등짐 지워
란저우로 보내셨고

시간

어느 날
할머니가 괘종시계의 초침을 가리키시며
마치 멜대를 메고
산언덕을 걸어가는 누구 같다고
할머니는 말씀이 없으셨지만
그네 마음속 그 사람은
이렇게 내내
끝도 없이 걷고 있고

가을의 중심에서

언덕 위 가장 높은 곳
한 그루 백양나무
가을이 되면
일 년 만에
백발로 변해버린
살구나무골 사내 마냥
샛노래진 잎사귀

가을이면 찾는
고향 마을
올해 가을은
마지막 남은 한 묶음 땔감 마냥
병든 그 사내
나를 부르고

이 가을
오곡의 숨결과
산야초의 맛은
모두가 한 사내에게서 비롯되는데

나를 위해 대지에서 온갖 고난을 겪은
사내의 뒤척임에
가을은 기울고

한 그루 나무 같은
그의 곁에 앉았노라니
정수리에서 부는 바람
내 마음속에서 불어오고

수런수런 집 밖 나뭇잎 소리
대지는 온통 가을로 물들어
마치 거대한 눈물방울처럼
아롱지는 가을빛
나는 무슨 말을 할 수 있으랴

고모 생각

몇 년 전
불치병에 걸린 고모
의사는 반 년뿐이라 했는데
뒷날을 준비해야 한다고 말했다가
볼때기를 얻어맞은 그네 아들
죽을 수가 없다며
누가 나를 매장하나 볼 거라고
그렇게 일 년 넘게 버텼지만
그렇게 아들 손에 조상 묘에 묻혔고

고모의 큰아들은 풍수쟁이
마을에서 풍수로 밥 벌어먹는데
늘상 다른 집의 아랫목에 앉아
자축인묘 헤아리며 손가락을 짚었고
고모네 다른 아들은
몇 년째 나병 신세
그해 내가 고모댁에서 나왔을 때
개가죽 담요에 누워
웃으며 인사하던 그
그것은 내가 본 웃음 중 가장 쓸쓸한 웃음

지금도 여전히 그렇게 웃음 짓고

그날,
나는 고모댁 맞은 편 언덕에 서서
인간세상 한바탕 풍파를 목격하였는데
바람은 골에서 불어왔고
큰 바람 속에서
고모와 두 아들의 몰골은
약간 흐릿했고

그들은 늙었다

아들딸들이 늙도록 살았고
한 마을이 늙도록 살며
그들보다 더 늙은 노인들은
이제는 그림자도 볼 수가 없는데
늘 바람을 맞고
늘 햇볕을 쬐며
지난 날들은 오래된 이빨 마냥
하나같이 대부분 잃어버렸다
노쇠한 팔과 다리를 탁탁 털면서
마치 높고 높은 벼랑 끝을 걷고 있는 듯
높은 연배에
마을사람들의 걱정을 한몸에 받으며
멀리 떨어진 아들딸조차
해진 주머니에 넣어둔 두 쪽의 콩 마냥
어쩌다 실수로 주머니에서 흘러버릴까
늘 걱정인데
마을 맞은편 산언덕에서 한 사람이 내려오다
멀찍이 집 입구에 그들이 서 있는 것을 목격하고
그가 누구인지 자세히 살피던
그날

가까이 다가가서야
한번 불러보는
아버지
어머니

소소한 즐거움

가을 밭두렁에
풀수염을 비집고 나온
몇 송이 들국화
아침부터 저녁까지
마을의 소소한 즐거움

쉽지 않은 요즘 생각으로
밭두렁을 걷고 있을 때
스스로 깨달은 뜻밖의 감동—

어쩌면
지하의 친척들이
나를 위해 축하의 폭죽을
터뜨리고 있는지도
그들이 생각하는 천국이란
사실은 내 발 아래 있다는 것
몇 송이 국화 앞에서
나는 몸을 낮추고

아득하게

또 다시 마주하는
늦가을
강력한 초록의 힘은
푸르게 구릉을 물들이고
산언덕을 넘어
출렁이며
아득히 멀어지는데

석양은 내려앉고
햇살은 올라가는 즈음
아득하게 스러지는 마을에
죽은 듯이 병든 노인
그의 병은
이 가을의 한 부분

내가 고향의
가을 밖에 서 있는 이유라면
이 가을을 좀 더 보고 싶다는 것
가을은 말이 없고
나는
그저 아득해질 뿐

다섯째 할매

살구나무골의 역사에서 걸어나온
세월을 잃어버린 아이 같은
살구나무골 마지막 전족의 여자
아직도 밭두렁에서 뒤뚱뒤뚱 걷고 있다

다섯째 할매—
살구나무골 가장 선명한 두 발자국
오래 전의 한바탕 모래폭풍이 뒤따르는데
모래바람 속 늙은 한 여인
아름다운 젊은 시절의
울음소리 들려오고

다섯째 할매
그날
전설을 마주하듯
당신과 마주쳐
내가 당신의 이야기 속으로
걸어들어갈지도

다섯째 할매

또 봄이 왔어요
올해는 포근한 봄바람으로
당신의 팔을 부축해드릴게요
혹여 일생 동안 늘 걷던 길에서
길가 호기심의 눈빛에 밟혀
상처받지 않으시기를

회향필기

1
내가 돌아오는 것을 알기라도 한 듯
바람은 마을 입구에서 오래도록 기다렸고
마치 어린 시절 함께 놀던 동무들처럼
만나자마자 한바탕 황토바람을 일으켜
얼굴이며 목덜미며
흙먼지를 둘러쓴 다음에야
겨우 마을로 들어섰네

2
산등성이에 앉아서
양을 치던 아이
방금 읽은 책의
줄거리를
하나둘 산언덕에 펼치는데
채찍 끝의 노끈뭉치 같은
마을 입구에서 걸어나온
그를 목격하고

3
밭두렁 아래에 숨은
누군가의 목에 두른
하얀 여우 꼬리 같은 백설은
언덕 위에서 건너온 몇 마리 야윈 양과
서늘하고 반짝이는 눈빛을
설핏 나누고

4
바람은 비껴 불고
햇볕은 내리쬐는데
바람과 햇빛으로 엮은 망태기에 쌓여
하늘까지 치솟아오른 마음은
제자리로 내려오고

5
바람에 흩날리는 낙엽 같은
한 마리 회색 독수리는
겨울 하늘에 떠돌다
마을 밖 두 무더기 무덤인 양 오인했던

불안한 토끼를
가슴에 끌어안고

6
바람에 휘어진 길가 백양나무는
살구나무골의 두 줄 늑골
마치 오랜 주산 알을 퉁기듯
한 그루 두 그루 헤아려 가노라면
모래바람의 한바탕 사칙연산에서
감히 마주할 수 없는 날들을
가감승제하고

오늘밤의 파편

1
오늘밤 하늘은
가파른 언덕에
들깨 꽃이 핀 것처럼
서늘하고 조밀하게
빛나는 꽃송이들
수런수런
일렁이며
마음속 잠자는 옛 일들을
서서히
일깨우고

2
거뭇한
종이 인형의
실루엣 같은
오늘밤

산골의 혼이
큰스님처럼

문지방에 앉아 있고

3
한 마리 말
방금 내린 눈 속에
늙어가는
오늘밤
말 입가 몇 포기 백빙초
한 마을을 늙게 했고

낡은 보루 무너지는
오늘밤
청운의 꿈 품고 떠난 어린 지주
한 마리 야윈 말에 올라
꿈속에 돌아오고

4
인적 없는 오늘밤
마을에는
상처 입은 한 마리 야수

가련한 시인처럼
마음의 고통 끌어안고
들판을 배회하는데
그렁그렁 눈망울은
변덕 많은 이 봄을
바르르 떨게 하네

소의 눈빛

겨울이 되면
소는 마구간에서 풀을 먹는데
내가 마구간 문 앞에 선 그날
소는 구유에서 일어나
눈을 번쩍 뜨고
유심히 나를 살폈다
내 큰형이거나 넷째 같은
그 눈빛
소는 알아보았을까
가까이 오지 않는 소
내가 그의 어깨를 톡톡 두드리며
마음속 따스한 말 한마디 건넸지만
눈을 끔뻑이며
눈빛 하나로
나를 부끄럽게 하는 것
부끄러운 일들
큰형과 넷째조차 모르는
소는 어찌 알고 있는지
그대 나를 용서해다오
내가 어쩔 수 없었노라고 말했지만

녀석은 멸시하듯 돌아서서
풀만 계속 삼키거나
머리를 들고 되새김질하다
건초줄기 속에서
곡식의 맛을 음미하고

바람에 날려

1
오월의 회화나무 꽃
지난 겨울의 눈 마냥
따스하게 휘날리는데

회화나무 꽃
한번 흩날리면 그만이지만
부는 것이 바람이라는 듯
멈추지 않고

2
바람은
마을의 소소한 것들
모두 날려보내지만
소소한 것들은
또 생겨나고

3
바람은
사람을 바깥으로 내보내지만

사람은 밖에서 집으로 돌아오고

4
사당의 깃발에도
바람은 불고 불어
깃발은 사라지고
깃발도 걸리지 않은 깃대
구름이 걸리거나
바람이 걸리거나
하늘에 그리는 스케치 같은

5
바람은
불고 불어
한 마을을
내리누르고
마을보다 더욱 쪼그라든
조상의 백골들
누군가 잃어버린
흙속에 묻힌

몇몇 농기구
호미거나
쟁기거나

6
바람에 떠밀려
산등성이에 오르면
마을은 주름살이 더 늘었고
바람에 접힌 몸뚱이
고향으로 날려오고 싶을 때는
자신은 이미 너덜너덜 구멍난 몸

맞은편 산

대지의 위장은
한 무더기 황토로
한 사람의 표정과
그의 모든 감정을 삭혀낸다
아픔이며
행복이며
산은 제 스스로 소화한 것들을
대지에서 성장시키고
그래 산은
낮아졌다 높아지고
산이 삭힐 수 없는 것들은
산 속에 감추어두지만
단단한 것들은
산의 가장 큰 고통
그러나
대지는 언제나 아무런 말이 없고
이 몇 년 내가 아무 말도 하지 않은 것처럼

소리 없는 울음

땅바닥에 앉아
난데없이 우는 사내
크고 반짝이는 눈물방울
콧잔등을 타고 흘러내리는데
그네가 얼굴을 들기라도 한다면
어쩌면 그 눈물은
다시 마음속으로 흘러들어갈지도
내내 수그린 고개
하늘은 그의 눈물을 볼 수가 없고
마치 흙속에다 눈물을 집어넣기라도 하려는 듯이
그래 눈물은 제 떨어질 곳을 살펴보다
열사 마냥 펄쩍 뛰어내리며
외치고 싶겠지만
누군가를 놀라게 할지도 몰라
입술을 깨물며 눈물은 말이 없고
소리 없는 눈물
소리 없는 대지

착오

먼 길을 떠나고 나면
뜰 안의 오동나무는
이미 꽃을 피웠겠지만
아무런 흔적도 없는데
마치 어느 중요한 날짜가
문득 생각났을 때
몇 날이나 지난 것을 아는 것처럼
어쩌면 어떤 일들은
내가 알고 난 후에야
예전에 틀렸다는 것을
깨닫는 것처럼
지금 나는
갈수록 멀어져
언제부터인지는 알 수 없지만
내 삶이 틀렸을 수도

굳은살

작은 물결 지나가면
큰 물결이 밀려오고
큰 물결이 지나가면
더 큰 물결이 밀려오지만
아무리 큰 파도가 몰아쳐도
해변은 아파하지 않으며

바람 지나고 나면 비
비 지나고 나면 눈
바람과 비 서리와 눈이 지나고 나면
다시 또
바람과 비 서리와 눈이 되풀이되겠지만
산은 아파하지 않으며

손바닥이 닳으면
쓰려오고
또 닳으면 더 아프겠지만
닳고 닳으면
손은 무감해지는데
무감해진 손은

해변이거나
산언덕

가끔
늙어버린 내 마음을
더듬어보면
거칠어진 어떤 곳은
손바닥이 배기도록
저려오고

풀

풀은 가장 먼저 산에 올라
산 위에 영웅들의 은신처를 마련하여
허리를 구부리고 산에 오르는
풀보다 낮은 사람들을 바라보는데
하산할 때는 말을 세워
칼을 비껴든다
풀은 때로는 초록이고 때로는 하얗지만
큰 가뭄을 만났을 때는
풀은 생각하지
풀조차 뿌리 내릴 곳이 없는데
누군들 반항하지 않겠냐고

통웨이*를 지나며

산꼭대기 봉화대
이제는 해진 솜옷 입은
늙은 목동 마냥
묵묵히 밟고 섰는데
초원을 집어삼킨 눈보라는
그의 무릎을 에워싸고
건초를 호령한다

산 아래 보루에
눈보라가 쏟아져 내린다면
모두 가둘 수도 있으련만
보루 안의 할아버지 아내 아가씨 도련님
지금은 어디로 갔는지

뉴쟈포(牛家坡)라는 지명
내 성과 같은
이 땅을 지날 때면
창밖으로
몇 번이나
고개가 돌아가고

*통웨이(通渭) : 간쑤성 딩시(定西)시 통웨이현. 1936년 국민당과 공산당의 내전이 일어났던 곳으로 通渭会战이라 한다.

라즈코우 가는 길

사선을 그으며
내리는 가랑비는
1935년의 가을 그날까지
휘날렸다
라즈코우로 가는 길은
언제나 호랑이 입 속의
이빨을 뽑으러 가는 느낌
이제 라즈코우의 이빨은 모두 뽑히고
엉성한 잇몸 같은
작은 포대 건물만 남았다고는 하지만
그럼에도 가봐야 하는 곳
가보면 알 수 있는
마음속에 스미는 감동
어쩌면 바람처럼 스쳐가는 느낌일지라도
라즈코우 가는 길에 만난 어린 학생들
문득 멈추어서
우리를 향해 경례를 하는데
데부(迭部)현의 비바람 속에서
머리꼭대기까지 치켜든
조막손

내 마음은
또 다시 아려오고

*라즈코우(腊子口) : 간쑤성 간난장족 자치주 데부현 동북부에 위치. 민산산맥의 협곡.
1935년 공산당 홍군장정 중 국민당 군대와 대치했던 중요 방어선.

고원의 나무

그날 나는
굽은 허리 곧추세워
일제히 고원 밖으로 달려가는
백양나무를 보았네

그 중의 한 나무에
내 목에 걸린 향주머니처럼
달랑거리는 까치집
큰 바람 지난 후의 희소식을
까치가 물어오기를 바라지만
까치는 그저 바람 속을 날고 있을 뿐

큰 바람 지난 후
또 다시 큰 바람 몰아치면
바람에 꺾인 나무
한평생 보따리를 짊어진 사람처럼
다시는 바로설 수가 없는데
뒤에서 불어오는 거센 바람에
뒤뚱거리던 나무는
쓰러질 듯 비틀거리고

차르한(察尔汗)의 소금호수

걷고 있는 나를
하늘이 보고 있다면
차르한 소금호수 가장자리에 선 나는
바람에 오염된 한 알갱이의 소금일지도

반짝이는 햇볕
알알의 하얀 소금에
내가 눈을 뜨지 못하는 까닭은
마음속 부끄러움 때문

호수에 도착하여
내 잘못을 검토해보니
마음속 쓴 맛과 짠 맛은
아직 소금이라 하긴 이르고

선글라스를 끼면
차르한은 멀어지는데
황혼에는 만장염교에서
소금 트럭 한 대가
바퀴에 묻은 딱딱한 간수를
흩뿌리며 달려간다

바단지린*에 가다

날카롭고 뾰족한 수많은 모래가
끊임없이 부대끼며 일렁이지만
그러나 모래는
처량함에 비명조차 지르지 못하는데

만약 처량함이 상처라면
모래언덕에 앉은 저 사내
한 알갱이의 소금은 아닌지
바람 속의 바단지린
온 몸뚱이를 흔들어대고

자글자글 모래의 아우성은
머리 꼭대기 새매와의 대화
이 순간
몸속에 남은 습기가 모두 증발하고 나면
그 깨끗함이란
나는 문득
한 무더기 대남풀처럼
이곳에 남겨져서
남은 시간은

우챠오*고개

천마행공(天馬行空)**이라는 말이
문득 떠오르지만
목전의 대추마는
린저***의 대추보다 더 붉은데
오로지 고개를 숙인 채
허기진 듯 풀 먹는 꼴이라니
그네의 고귀한 이마는
풀 한 포기보다는 낮지만
우챠오고개보다는 높고

조용히
늙어가는 한 마리 말
달리는 일은 젊었을 때의 일이라며
이제는 그저 고개를 끄떡이고
못 본 채 외면하거나
살살 꼬리를 치는
우챠오고개의
조용한
한 마리 말

우챠오고개
가을은 이미 깊었고

산언덕에서 부르는 노래

언덕 위에는
계절의 얼음사탕 같은
산양들이 흩어지는데
흥에 겨운 목동의 노래는
방금 끓인 쌀죽을
나무주걱으로 휘젓듯
담담한 향은
산 구릉에 퍼져간다

언덕 아래 옥수수밭에는
불어오는 가을바람에 수런거리고
솔개의 두 날개는 허공에서 박자를 맞추는데
한 줄기 외침은
손으로 휘두르는 백양의 뱃가죽 수건처럼
머리 위 흰 구름 속에서 휘감기는데
언덕 위 잡초들의 술렁이는
몸짓 같은 낮은 소리는
때로 더욱 격동하듯 전율하고

양의 위장에서 삼켜진 음절은

바래진 잡초들과
산양의 목구멍에서
종종 함께 솟아오르면
양의 노래 소리도
터져나온다

그곳에서
도대체 무슨 노래를 부르랴
알 수 없는 노랫말일지라도
선율이 이 가을과 어울리기만 한다면
바라는 바요
행복이요

봄날 꿈속에서 나를 찾고

예년에는 시골에 가면
나는 늘 봄을 가지고 돌아왔지만
지난 겨울 한바탕 큰 눈에 나는 란저우에 발이 묶였다
고향의 봄은 일 년 동안이나 나를 그리워했지만
도시에서 어떻게 지냈는지 어찌 알리요
그래 어깨에는 올록볼록한 뱀가죽 보따리를 둘러메고
한 보따리의 고향 말과 시골 소식을 들고
올해의 봄이 도시로 나를 만나러 오는데
도시로 가는 기차표를 살 수가 없어
그래 기차보다 빠른 꿈에 실려왔다
내가 부재했던 나날의 시골이
어떻게 눈과 메밀을 함께 흙속에 집어넣었는지
불타는 날들에
어떻게 메밀이 산언덕을 오르내렸는지
작년 마을에 전화를 설치한 집은 어느 집인지
베이징에서 일을 하러갔다가
돌아올 때 스촨 아가씨를 데려온 집은 어느 집인지
며느리가 병이 나서 몇 년째 차도가 없어
다음 달에는 조상 묘를 옮기려하고
마을 입구에 고속도로를 뚫어야 하는데

점유한 땅으로 일만 원 넘는 보상을 받은 집은 어느 집인지
오고 가는 말 속에
돈을 받은 둘째 삼촌은 꿈속에서 기침을 했는데
이 봄날을 기침으로 깨웠다
도시에는 이미 온도가 올라 햇볕도 따뜻해지는 이즘이면
시골의 눈도 녹았으리라

마을에서 보이지 않는 노인들

부친이 내게 물으셨다
산 너머 푸궤이(富贵)를 기억하느냐고
멀찍이 사람이 보이기만 하면 웃던 푸궤이
작년에 떠났다
아무런 병도 탈도 없었는데
그렇게 잠이 들었다
부귀를 쌓아 편히 가신 것이라고
부친 말씀을 듣다가
나는 문득 물웅덩이에 자란
한 무더기 빙초를 보았다
바람에 펄럭거렸는데
푸궤이 목동이 풀에다 불을 붙인 듯했지만
마을의 어느 누구도 이런 세세한 사정에는
아무런 관심도 없고
그저 올해의 메밀 작황에만 신경쓸 뿐

푸궤이의 며느리는 내 먼 친척 동생
그 친척 숙부도 떠났다
그해 현성의 장터에 가던 길에서
트랙터에 휩쓸려 그리되셨고

그때 그는 가슴에 암탉을 한 마리 안고 계셨는데

그 닭이 푸드덕 멀리 날아가

수풀 속으로 들어간 뒤로는 볼 수가 없다

물론 친척 아주머니의 꽃무늬 셔츠도 보이지 않는다

또 친척 동생의 예쁜 책가방과 연필통도

친아버지가 없던 친척 동생

나중에 푸궤이의 며느리가 되어 그를 아버지라 불렀는데

이제 그네에게 아버지는 한 명도 없고

발그레한 계란 얼굴의 그네

두 볼이 하얘졌다

자오뛰는 아직 있나

없어요

암으로 오래 전에 돌아가셨어요

늙은 원숭이처럼 야윈 자오

그의 며느리도 내 사촌 누이

사촌 누이네는 사이가 좋지 않아

돌보지 않는 그네 아들은 내 당숙모가 데리고 있었는데

아이는 우리 집 문간에 기대 겁먹은 눈초리로 나를 바라보았다

당숙모는 아이의 뒤통수를 쓰다듬으며

며칠 학교 다니면
괜찮을 거라고

부친은 또 자오롱도 돌아가셨다고
연배로 봐선 내 외삼촌 뻘이고
어렸을 때는 외삼촌네 집 대문 앞 학교에서 공부를 했는데
외사촌과는 바지도 같이 입을 만큼 친했다
하늘이 흐리고 비가 내리는 날
나는 그와 아랫목에 올라가
외숙모가 만든 비빔죽을 먹으며 단어 공부를 했는데
그는 시종일관 산양의 수염을 쥐고는
마치 그때부터 애늙은이였던 것처럼
후룩후룩 살담배를 피웠는데
이제 외삼촌은 돌아가셨고
그보다 열 몇 살 적은 외숙모는 텅 빈 아랫목에 홀로 앉아
외삼촌이 감자 한 포대로 집으로 바래다주던 때를 생각하니
더운 감자조차 씹을 수가 없다

많은 노인들이 돌아가셨지만
또 많은 노인들은 아직 살아계신다

한 분이 돌아가시면 하늘은 잠깐 흐려지고
또 한 분이 돌아가시면 또 흐려지지만
하늘이 맑은 날은 더 많고
하늘이 맑을 때 마을의 모든 사람들은
고개를 땅에 수그리고 바쁜 나날을 보낸다

사촌과의 전화

사촌이 현에서 전화를 했다
둘째 삼촌이 아픈데
고치기 어렵다고
내가 뭐라고 말할 수 있으랴
사촌은 전화 저쪽에서 울고 있는데
거리의 자동차 소리가
사촌의 울음소리에 섞여들었다
사촌의 말인즉슨
한 달 전에는
옥수숫대 한 묶음도 거뜬히 지고 왔는데
어떻게 덜컥 병이 날 수가 있는지
처음에는 혼자 현에 갔지만
며칠 뒤엔 들것에 실려서 갈 수 있었고
눈이 내린 길에서 둘째 삼촌은 비틀비틀 들려가며
중언부언 내뱉는 사촌의 위로를 들었다
마치 아이를 데리고 유치원에 놀러갈 때처럼
병원에 가서 주사 한 대 맞으면 좋아질 거라고 했지만
둘째 삼촌이 다시 집으로 돌아왔을 때
사촌은 둘째 삼촌의 병력 카드를 가지고 란저우로 나를 찾아왔
는데

사촌 생각으론 도시의 내 인맥을 이용하면
둘째 삼촌을 구할 수 있지 않을까 하는 것
한 달 후 삼촌이 돌아가셨다는
사촌의 전화가 왔고
우리는 전화기를 잡고 한동안 말이 없었고
그리고
끊었다

산언덕의 양

일 년에 딱 한번
풀이 자라는 산언덕
몇 마리 양이 늘 그곳에서
머리를 수그리고 배회하는데
일생 뜯어먹어야 하는 운명이지만
아무런 먹을거리가 없을 때는
그저 땅만 핥는 건 아닌지

처음에는 하얀 뭉게구름 같지만
이제는 황토 마냥 노랗게 물이 들어
산언덕 비껴부는 바람결에
누르스름한 꽃송이처럼
풍성하게 꽃을 피우고

때로
그들 중의 한 마리
혹은 두세 마리
고개를 치켜들고
음매 음매
울부짖는데

마치 나의 고향 친지들이
살금살금 다가가서
함께 잎담배 한 통 태우라고
멀리서
멀리서
소리치는 듯

밭두렁 아래의 눈

밭두렁 아래의 눈이 녹기도 전에
하늘은 또 눈발이 비쳐
설성가상이란 말이 생각나면
마을에서 일어난 일과 사람이 떠오르는데
하늘의 눈이 땅 위의 눈보다 더 춥다는 격
바람이 천상의 눈을 빗소리로 바꿀 때까지
마치 수많은 운명들이
한 사람이 고개를 치켜들 때까지 질주하는 것처럼
오늘 밤의 별들
숭늉 마냥 걸쭉해지고

갈림길 풍경

살구나무골의 저녁
햇살이 산꼭대기로 돌아가면
사람들은 산언덕에서 내려오고
갈림길에서 걷고 있는 두 마리 나귀
한 마리가 재채기를 하면
마치 누군가 데운 흙에 한발을 디뎠다가
또 다른 발을 디딘 것처럼
나귀는 펄쩍 뛰며 후다닥 뛰어가다
뒤따르는 사람을
마치 나귀의 그림자인 양
튕겨오르는 데인 흙에 내버려두고
그의 팔에 걸린 작은 물통은
쿵쿵거리며 기침을 하는 듯하지만
그러나 손에 든 채찍은
나귀의 꼬리나 다름없고
만약 이때 그도 뛴다면
그와 나귀의 거리는
갈수록 가까워져
누가 나귀이고
누가 사람인지
나는 알 수가 없고

정적

모닥불이 꺼지면
어둠의 상처는 아물고
잿더미 속
사르르 타오르던 불씨
온 하늘의 별처럼 번져간다
불씨에 감자 굽기는
오래 전의 일
노릇노릇 구수한 향은
황량한 산꼭대기의 한 줄기 미소
손에 든 뜨거운 감자는
한 순간 실수로 하늘가로 날려버려
불어오는 바람에
열기를 식히고

기억 속의 간구(甘谷)

협곡에서 나올 때
쌓인 눈을 밟고 섰는데
반짝이는 상공의 별 하나
앞길을 비춰주었네

그날 따샹산(大象山)의 부처 발치에서
멀리서 걸어오는
장사 지내는 마을 사람들을 만났고

몹시 추웠던
그날
세 명의 외지인은
노방장의 작은 방에서
잠시 추위를 녹였다는 것

빗속에 류판산(六盤山)을 지나며

하늘 높이 흐르던 구름이
산언덕으로 내려오는 날은
마음을 데우는 비가 내리고
그해
산을 오르던 병사들 같은
온 산의 어린 소나무를 적신다

산을 오르지 않은
나는
산자락으로 난
터널을 지나가면
단숨에 스쳐가는 가로등
무슨 의식처럼 반짝이고

문득
길가에 보이는 경고판
'사고다발지역'
상쾌하던 마음은
어느새 무거워지고
길 끄트머리에서

그저 살아가는 것

돌아오는 길
옷 주머니 속 한 줌 모래는
내 몸뚱이에 들어붙은 건조제

* 바단지린(巴丹吉林) : 네이멍(내몽골)에 있는 사막.

등 뒤로

아

아

아

류판산의

긴

한숨소리 들려오고

*닝샤 회족 자치구 서남부 간쑤성 동부에 위치. 홍군 최후의 승리를 목전에 두고 하룻밤 사이에 300여 명의 홍군이 의문의 죽임을 당함. 알려진 바로는 국민당군이 계곡에 독을 풀었고 병사들이 이 물을 마신 것으로 추측.

기억의 순환,
살구나무 골에서 다시 살구나무 골로

성선경/ 시인

삶은 늘 뫼비우스의 띠처럼 안과 밖이 명확히 구분되지 않는다. 안에서 출발하여 밖으로 밖으로 가장 멀리 뛰쳐나가다 되돌아보면 그 길은 다시 안으로 휘어져 되돌아와 있다. 그래서 안으로 향하는 길은 밖으로 향해 있고 밖으로 나가는 길은 다시 안으로 향해 있다.

뉴칭궈 시인의 이번 시집을 읽다보면 이러한 사실들을 더욱 선명히 느끼게 된다. 시집 전편에 흐르는 기억의 회향(回乡)은 살구나무골에서 나와 다시 살구나무골로 돌아오는 회향의식으로 채워져 있다. 다음 시를 보자.

1
내가 돌아오는 것을 알기라도 한 듯
바람은 마을 입구에서 오래도록 기다렸고

마치 어린 시절 함께 놀던 동무들처럼
만나자마자 한바탕 황토바람을 일으켜
얼굴이며 목덜미며
흙먼지를 둘러쓴 다음에야
겨우 마을로 들어섰네

2

산등성이에 앉아서
양을 치던 아이
방금 읽은 책의
줄거리를
하나둘 산언덕에 펼치는데
채찍 끝의 노끈뭉치 같은
마을 입구에서 걸어나온
그를 목격하고

3

밭두렁 아래에 숨은
누군가의 목에 두른
하얀 여우 꼬리 같은 백설은
언덕 위에서 건너온 몇 마리 야윈 양과
서늘하고 반짝이는 눈빛을
설핏 나누고

4

바람은 비껴 불고
햇볕은 내리쬐는데
바람과 햇빛으로 엮은 망태기에 쌓여
하늘까지 치솟아오른 마음은
제자리로 내려오고

5

바람에 흩날리는 낙엽 같은
한 마리 회색 독수리는
겨울 하늘에 떠돌다
마을 밖 두 무더기 무덤인 양 오인했던
불안한 토끼를
가슴에 끌어안고

6

바람에 휘어진 길가 백양나무는
살구나무골의 두 줄 늑골
마치 오랜 주산 알을 튕기듯
한 그루 두 그루 헤아려 가노라면
모래바람의 한바탕 사칙연산에서
감히 마주할 수 없는 날들을
가감승제하고

—「회향필기」전문

그의 회향(回鄕)은 "내가 돌아오는 것을 알기라도 한 듯/ 바람은 마을 입구에서 오래도록 기다렸고/ 마치 어린 시절 함께 놀던 동무들처럼/ 만나자마자 한바탕 황토바람을 일으켰"다. 이러한 진술은 그의 마음속 깊은 곳에 얼마나 깊이 회향의식이 자리잡고 있는지를 보여준다. 그 기쁨이 "마음은 하늘까지 치솟아오르다/ 제자리로 내려오고" 마음은 어린 시절의 그 모습으로 곧장 달려가 안긴다.

그에게 있어 살구나무는 고향을 생각하게 하는 매개체이다. 살구나무가 살구나무골(아마 살구나무가 아주 많아 살구나무골로 불린 듯하다)로 지칭되는 매개체의 중심축이라면 고향을 떠올리는 또 하나의 매개체는 나귀이다. 나귀는 아주 순한 가축이기도 하지만 농사일을 돕는 중요한 가축이기도 하다. 시인이 고향과 고향의 가족을 떠올릴 때면 늘 나귀가 등장한다. 순한 성품에 묵묵히 농사일을 하는 고향사람들의 모습에서 시인은 나귀의 모습을 연상했을 것이다. 다음 시를 보자.

나는 나귀에게 또 편지를 써야 하네
집 대문에 들어서기 전
나는 먼저 나귀를 보고 말았는데
겨울의 나른한 햇볕 아래
게슴츠레한 눈빛으로
벗어날 수 없는 졸음이
그의 생명을 짓누르고 있는 듯
못 본 지 일 년
그네는 귀를 가볍게 팔랑거리며

마치 황혼의 노인처럼
나를 향해 야위고 마른 손을
흔들고 있었지

그날
부친과 둘째 숙부 그리고 나는
십삼 년 전 우리 집으로 끌고왔을 때를 떠올렸지
그때 이미 늙은 나귀였는데
지난 달 어느 밤에
앞다리를 삐끗하며
뒤뚱뒤뚱 구루 앞에 고꾸라졌고
예전에 그랬던 것처럼
일어서느라 버티던 목에 구루와 몸뚱이 모두 엎어졌고
그게 지난 일 년 간
살구나무골의 제일 큰 곤두박질
부친 말씀으로 가을이 지난 후 누군가 400원을 준다고 했지만
미련 없이 팔지 못했다고
둘째 숙부는
봄까지 있어보자고
너무 야위어 살이 찌면 다시 팔자고 하시지만
그래 나는
그 녀석을 덜덜거리는 트랙터에 싣고
도시로 끌고 가는 모습을 상상했지
마치 그해 내 당숙께서
도시로 치료하러 끌려가던 그때처럼

216

끌려가면 다시는 돌아오지 못할

한 마리 나귀의 생애

내가 할 수 있는 말이 무엇이랴

—「나귀에게 다시 쓴 편지」 전문

나귀는 고향을 떠올리는 매개체이며 또 한편으로는 가족과 같은 존재이다. 그래서 나귀는 살구나무골로 지칭되는 고향의 상징성을 나귀도 또한 단적으로 보여준다. "집 대문에 들어서기 전/ 나는 먼저 나귀를 보고 말았는데/ 겨울의 나른한 햇볕 아래/ 게슴츠레한 눈빛으로/ 벗어날 수 없는 졸음이/ 그의 생명을 짓누르고 있는 듯/ 못 본 지 일 년/ 그네는 귀를 가볍게 펄럭이며/ 마치 황혼의 노인처럼/ 나를 향해 야위고 마른 손을/ 흔들고 있었지"처럼 내 눈길이 가장 먼저 머무는 곳에서 제일 먼저 나를 반기는 존재인 것이다.

이러한 나귀에게서 느끼는 친근감은 가족에 대한 애정일 것이다. 그래서 시인은 늘 나귀를 볼 때마다 가족을 떠올린다. 그리고 가족과의 관계를 생각한다. "그날/ 부친과 둘째 숙부 그리고 나는/ 십삼 년 전 우리 집으로 끌고 왔을 때를 떠올렸지/ 그때 이미 늙은 나귀였는데/ 지난 달 어느 밤에/ 앞다리를 삐끗하며/ 뒤뚱뒤뚱 구루 앞에 고꾸라졌고" 우리는 그 사실을 가족 전체가 공유하고 있다.

뉴칭궈 시인에게서 살구나무와 나귀가 고향 회상의 매개체라면 그 속에는 늘 가족이 있다. 부모와 숙부, 그리고 형제들 외조부와 외조모가 함께 있다. 시인이 살구나무를 떠올리거나 나귀를 떠올리거나 그 모든 회상의 근원은 가족이다. "나는/ 그 녀석을 덜덜거리는 트랙터에 싣고/ 도시로 끌고 가는 모습을 상상했지/ 마치 그해 내 당숙께서/ 도시로 치료하러 끌려가던 그때처럼/ 끌려가면 다시는 돌아오지 못할/ 한 마리 나귀의 생애"를 생각하며 오버랩되는 것은 당숙이다. 그의 시에서 중요한 매개체들은 이와 같이 모두 가족과 연관되어 있다.

가족이란 태생적으로 나와 동반적 관계이며 자기 정체성의 표상이기도 하다. 뉴칭궈 시인의 시에 등장하는 가족들의 삶은 내 삶의 표상이다. 그래서 그들의 아픔이나 슬픔을 공유하게 되고 내 삶을 통찰하는 거울로서 기능을 하게 된다. 뉴칭궈 시인의 시에서 자주 등장하는 시간의 과거 회귀는 바로 이러한 자기 통찰의 기저로서 작용하게 되는 것이다.

서정(抒情)의 본질(本质)이란 원래 시간(时间)이 중요한 기제(机制)로 작용한다. 뉴칭궈의 시에 있어서 서정이란 시간의 적층(积层)이다. 그래서 그의 시에서는 시간의 흐름 위에 쌓인 기억과 정서가 서정시(抒情诗)에 집중적으로 표상한다. 그 중 하나가 고향에서의 성장기 기억이다.

1
이날
친척들은 들판의 여기저기로 흩어져
작물밭에 두 무릎을 꿇는데
종종 그들이 보이지는 않지만
그러나 그들은
무성한 작물 속에서

가끔 머리를 치켜든다
마치 작물들이 항아리를 들고
머리를 젖히며 물을 마시는 것처럼

2
이날
나는 살구나무골의 완두를 한 무더기 뽑았는데
많고 많은 작물들 중에서 완두는 제일 소소한 일거리
지도상의 작고 작은 일개 성 같은
내가 뽑은 완두는
수많은 완두 중에 섞여들었고
마치 내 친척들과 친구들이
망망한 세상사에 흩어져 섞이듯이
어떤 이들은 비록 내가 찾아내긴 어렵지만
나는 여전히 기억하고 있다는 것

3
이날
내가 완두를 한 묶음 짊어지고
낑낑대며 힘에 겨워할 때
부친은 뒤에서 가볍게 나를 들어올리셨다
부친은 내가 들어올리기만 하면
집까지 지고 갈 수 있다는 것
내가 돌아보지 않아서
부친이 다른 한 묶음의

완두를 어떻게 짊어졌는지는 모르겠지만
내가 마당에서 한참이나 기다린 후에야
마침내 놓아오셨고
한 묶음의 완두 아래에서
허리가 많이 굽어 있었다

4
이날
나귀는 내가 뽑아낸 땅에서
적어도 한 포기는 집어삼킬 수 있었는데
그의 과장된 재채기 소리로 보아
아주 만족하고 있다는 것

부친도 한 포기를 뽑아
손바닥으로 척척 비비고는
나귀의 입가에 올렸다
부친을 곁눈질한 나귀는
재빨리 입안으로 말아넣었고
어물쩍 꾸물거리다
부친의 마음이 바뀔지 모르는 일

부친은 쭈그려 앉고
나귀는 서 있는데
밭두렁의 한 그루 백양나무
나귀 쪽으로

부친 쪽으로
바람에 휘날리고

5
이날 저녁 무렵
길에서 곱사등이에 뻐드렁니인 당숙모를 만났는데
내게 란저우에 돈 벌러간 아가씨를
만났는지 묻고는
더불어 란저우로 돌아가거든 꼭 한번 찾아보라고
신신당부를 했지만
아무래도 란저우를 또 다른 살구나무골쯤으로 생각하시는 듯
어느 집에 친척이 오면
온 동네사람이 다 아는 것처럼
그래 내가 감히 고개를 끄떡이기도
그렇다고 고개를 가로젖히지도 못한 채
그렇게 집으로 왔더니
목이 뻐근하였다

6
이날은
온 마을의 메밀이 노랗게 되기까지는 3일이 모자라고
놈팡이 장 씨 고명딸이 시집 가고
망나니 이 씨가 장가 들기까지 한 달이나 남았고
왕부자의 노인이 세상을 떠나고
절름발이 송 씨가 바깥에 일하러 갔다가

사고가 나기까지는 반달이나 남았고
사촌동생이 대학에 들어가기까지는 아직 일 년이나 남았는데
네가 작물을 수습하고 도시로 돌아오는 날은
일주일 뒤의 일

이날
살구나무골의 역사에서 하루가 모자라고
살구나무골의 내일에서
하룻밤이 모자라는데

이날
살구나무골에서
나는 한 편의 시를 썼고
몇 번이나 고쳐쓰기를 되풀이하다
마침내 한 권의 시를 쓰게 될 것이다
그러나 이날
내 일생이 되풀이된다 해도
한 줄의 글도 쓰지 못하리라

—「살구나무골의 하루」 전문

살구나무골의 하루는 단지 살구나무골의 하루가 아니라 그에게 있어서는 오랫동안 계속되어온 연속선상의 일이다. 부친과 당숙을 비롯한 여러 친척들과 살구나무골의 여러 이웃들의 삶은 그의 시에 있어서 늘 계속되어지는 소재(素材)이며 화제(话題)이다.

이 하루는 시인의 말처럼 단 하루가 아니라 영원히 지속하는 하루인 것이다.

나귀 또한 가족의 일원으로 그의 시에 있어서 중요 화제이며 소재다. 살구나무골의 가족과 친척, 그리고 고향사람들과 나귀는 그의 시가 고향회상으로 이끌어가는 중요한 매개체가 되고 있다. 완두를 캐는 일도 함께하고 완두를 먹는 일도 함께한다.

시인에게 있어서 살구나무골은 기억의 원천(源泉)이자 시의 원천(源泉)이다. 시인의 거처인 란저우에서의 삶도 그 원천인 살구나무골과 이어져 있다고 할 수 있다. 시인은 "이날/ 살구나무 골에서/ 나는 한 편의 시를 썼는데/ 몇 번이나 고쳐쓰기를 되풀이하다/ 마침내 한 권의 시를 쓰게 될 것이고/ 그러나 이날/ 내 일생이 되풀이된다 해도/ 한 줄의 글도 쓰지 못하리라"고 단언하고 있다. 이러한 언급은 곧 살구나무골이 내 시의 원천(源泉)임을 천명한 것이라 보여진다.

바람결에
발 옆으로 날려온 종잇조각
모친은
허리를 굽혀
집어든다

글자를 썼는지
보고는 싶지만

까치발로 서서

아이가 걸상을 딛고 올라서야
닿을 수 있는 벽 틈 높은 곳에
종이를 꽂아둔다

종이에 쓴 글이
혹 아이가 잘못 쓴 숙제인지
알 수는 없지만

그곳에는
그네가 머리를 빗을 때
빗겨 떨어진 머리뭉치도
꽂혀 있다

글자는 모르지만
아이가 글을 쓴 종이를
마음대로 밟을 수는 없다고
노인의 머리카락을
발로 밟을 수 없는 것처럼

이 순간
나라 안의 모든 글자는
책 속에 숨어
숨을 죽이고

—「아이는 종이에 글을 쓰고」전문

뉴칭궈 시인의 대표작이자 표제작인 「아이는 종이에 글을 쓰고」라는 시이다. 시인은 「아이는 종이에 글을 쓰고」라는 이 시에서 드러내고자 한 핵심 정서는 살구나무골의 풍습이다. "글자는 모르지만/ 아이의 글 종이를/ 마음대로 밟을 수는 없다고/ 노인의 머리카락을/ 발로 밟을 수 없는 것처럼" 아이와 글에 대한 존중과 '글 종이'에 대한 예의를 드러내고 있다.

머리카락을 발로 밟지 않는다거나 아이들이 쓴 글 종이를 함부로 하지 않는 이러한 풍습은 우리나라에도 있는 관습(慣習)으로 아마 동남아 전체에 퍼져 있는 풍습이 아닌가 한다. 이러한 풍습조차도 뉴칭궈 시인은 기억의 순환에 의한 회향(回乡) 의식을 보이고 있다.

결국 뉴칭궈 시인의 서정적(抒情的) 본질(本质)은 고향에 대한 사랑과 회향의식에서 찾을 수 있다. 늙은 나귀와 더불어 가족들과 들로 나가는 시인의 살구나무골은 우리 모든 인간이 갖고 있는 뿌리에 대한 경외이며, 이상향(理想乡)의 근원(根源)인 것이다. 늙은 나귀를 앞세우고 가족들과 함께 찾은 살구꽃이 만발한 살구나무골의 들판은 도연명(陶渊明)의 「도화원기(桃花源记)」에 나오는 세상과 멀리 떨어진 별천지 '무릉도원(武陵桃源)' 이야기라고 느껴진다.

독사에게 전해주고 싶은 애향정신과 가족애

20년 넘게 매주 원어민과 중국어수업을 진행하고 있다. 창원의 재료연구소 연구원이다. 그들은 대개 2,3년 단기체류하다 떠나고 또 누군가 오게 되는데 그렇게 해마다 만남과 이별을 되풀이한다. 그때마다 생각나는 중국 속담이 있다. "인연이 있으면 천 리 밖에서도 만나고 인연이 없다면 마주보면서도 서로 알지 못한다." 남녀 간의 인연을 뜻하는 말이긴 하지만 세상사 어디에도 적용되는 말이기도 하다.

2018년 11월에 중국 간쑤성을 방문했다. 나는 경남문인협회와 간쑤성 문화교류사업 방문단의 중국어 통역으로 참여했다. 통역은 현지 담당자가 수행했는데 나는 그곳에서 처음 뉴칭궈(牛庆国)를 만났다. 간쑤성문협 부주석이자 시인이다. 간쑤성을 떠날 때 그에게서 시집을 두 권 받았다. 『字纸』와 『我把你的名字写在诗里』다. 그의 마음을 가지고 온 셈이니 인연의 시작이라 해야겠다. 돌아와 읽고 쓰며 번역을 했는데 올 봄에 초벌 번역을 끝냈다. 번역

본을 문학동아리 회원들에게 보여주니 모두들 좋다고 했다. 작가에게 번역 출판을 하려고 하는데 어떠냐고 웨이신(微信)으로 문자를 보내자 곧바로 동의한다는 회답이 왔다. 흔쾌히 동의해준 작가에게 감사를 드린다.

뉴칭궈 시인은 향토시인으로 불린다. 2006년 중국시인협회가 발간하는 『시간』사에서 화문청년시인상을 받았을 때의 심사평을 보면 "그의 시는 두터운 대지에서 성장하여 흙과 땀방울의 숨결을 발산하고 있는데 어렵게 삶을 지탱하는 생명력은 장엄하고 고귀하다. 그의 시는 뿌리는 그의 생명에 있고 그의 숨결과 핏줄은 모두 고향과 하나로 단단히 묶여 있다. 고향은 그에게 꿈이 아닌 현실의 삶의 현장이다. 생명의 참모습에 바탕을 둔 연민의 감성과 소박하고 진실한 표현방식은 뉴칭궈의 시가 가지고 있는 강력한 매력"이라고 밝혔다.

뉴칭궈 시인은 학교 때 배운 당나라의 시인 이신(李绅)이 쓴 시에 영감을 받은 바가 크다고 했다. 아래는 그 시다.

憫农(민농)
　李绅(이신)

春种一粒粟(춘종일립속)
秋收万颗子(추수만과자)
四海无闲田(사해무한전)
农夫犹饿死(농부유아사)

봄날 심은 한 알의 씨앗은

가을이면 한 가득

온 들판에 빈 땅은 없는데

굶어죽는 농부는 무슨 일인가

뉴칭귀 시인은 황토고원과 모래바람을 밑그림으로 백양나무와 살구나무, 메밀밭과 옥수수밭과 그 밭에서 허리 숙여 일하는 아버지와 어머니와 친지와 나귀를 그려넣고 그의 중화적 사고와 민농(憫農)과 애향과 가족애를 중국 서북의 감성과 언어로 많은 향토시를 엮어냈다.

역자가 그의 시를 읽으며 번역을 하게 된 이유도 이와 다르지 않다. 한 편 한 편 읽을 때마다 내 고향의 산언덕이 생각났다. 야트막한 뒷산과 맞은편 산언덕, 그곳의 겨우 손바닥 크기의 밭뙈기 하나. 메마른 밭에 고구마며 고추며 보리며 이런저런 작물을 심었던 기억이 떠올랐고 그보다 더 오래 전 어느 날 논두렁에 앉아 곰방대를 물고 계셨던 할아버지도 떠올랐다. 묵묵히 일만 하다 문득 돌아가신 선친도. 그의 시를 읽으면 마음은 슬프고 아픈데 그 아픈 마음을 감싸는 따뜻한 온기가 느껴진다. 나는 그의 따뜻한 마음을 한국의 독자들에게 전해주고 싶었다. 작가가 '종이에 쓴 글(字紙)'이 잘못 전달되었다면 온전히 번역한 사람의 부족함일 것이다. 뉴칭귀의 시가 한국의 많은 독자를 만날 수 있기를 바란다.

끝으로 경남문협 김일태 회장을 비롯한 관계자 여러분과 시평을 써준 성선경 시인, 문학동인 따로 또 같이 회원과 이 책의 출판을 도와준 북인에도 감사를 드린다. 덧붙여 창원재료연구소 연구원으로 체류하며 20년 넘게 중국어수업을 진행해준 중국 다롄이공대의 동성룽 박사와 산동대학교 민광휘(闵光辉) 박사를 비롯한 수많은 중국인 연구원들(여기에 한 분 한 분 모두 기록할 수 없음을 이해하리라 믿는다)과 동학들에게도 이 자리를 빌려 감사를 전한다. 아내 박경리는 나의 가장 든든한 후원자다. 아울러 이 번역서는 올해 42년 간의 직장 생활을 마무리하는 나에게 선사하는 작은 선물이다.

2019년 10월
안태운

아이는 종이에 글을 쓰고

지은이_ 뉴칭궈(牛庆国)
옮긴이_ 안태운
펴낸이_ 조현석
펴낸곳_ 북인
디자인_ 푸른영토

1판 1쇄_ 2019년 11월 15일
출판등록번호_ 313 - 2004 - 000111
주소_ 121 - 842 서울 마포구 서교동 467 - 4, 301호
전화_ 02 - 323 - 7767
팩스_ 02 - 323 - 7845

ISBN 979-11-87413-64-6   03810
© 뉴칭궈(牛庆国), 2019
© 안태운, 2019

이 도서의 국립중앙도서관 출판예정도서목록(CIP)은 서지정보유통지원시스템
홈페이지(http://seoji.nl.go.kr)와 국가자료종합목록시스템(http://www.nl.go.kr/
kolisnet)에서 이용하실 수 있습니다. (CIP제어번호 : CIP2019043156)